LA FEMME

JUGE

ET PARTIE.

COMEDIE

En cinq Actes & en Vers.

Repréſentée pour la premiere fois en Mars 1669.

Par Mʳ. de Montfleury.

A ROUEN,

Suivant la Copie de Paris.

M. DC. LXX.

A MESSIRE

NICOLAS POTIER;

CHEVALIER,

SEIGNEUR DE NOVION, &c.
Commandeur des Ordres du Roi,
Conſeiller de Sa Majeſté en tous
ſes Conſeils, & Préſident à Mortier
au Parlement de Paris.

ONSEIGNEUR,

La Femme Juge et Partie, que je
vous préſente, vous a trop d'obligations pour

EPITRE.

se dispenser de l'hommage qu'elle vous vient rendre. Elle n'attribue qu'à vous seul l'avantage qu'elle a eu de plaire & de divertir; & l'approbation qu'elle a eue, est un effet de l'estime que toute la France fait des choses que vous honorez de la vôtre. Oui, MONSEIGNEUR, la lecture que j'eus l'honneur de vous en faire avant qu'elle fût représentée, & la bonté que vous eûtes de me témoigner qu'elle ne vous avoit pas déplu, me firent sortir des bornes que la modestie me devoit prescrire; je ne pus empêcher la joie que j'en avois d'éclater, je le publiai par-tout; & la suite m'a fait connoître que l'on a trop de vénération pour vous, pour oser appeller de vos jugemens, & que l'on a trop déferé au discernement judicieux que l'on fait que vous faites de chaque chose, pour examiner les défauts d'une piece, où vous avez bien voulu n'en point trouver. Ainsi, MONSEIGNEUR, après les avantages qu'elle a tirés de l'accueil favorable que vous avez eu la bonté de lui faire, elle n'a plus d'ambition que celle de se voir honorée d'une protection aussi glorieuse que la vôtre. Elle vous regarde comme la merveille du siecle où elle a eu le bonheur de paroître, & comme l'étonnement de ceux qui le suivront. Elle voit avec plaisir que l'on n'a pas moins d'admiration pour la connoissance parfaite que vous avez de toutes choses,

EPITRE.

que de respect pour les oracles que vous prononcez, & regarde le choix que le plus grand Roi du monde a fait de nos jours de votre illustre personne, pour rétablir le calme dans l'une de ses Provinces, comme l'effet d'un mérite très-éclatant & d'une vertu toute extraordinaire. Voilà, MONSEIGNEUR, ce qui doit justifier la liberté qu'elle ose prendre de vous protester que rien ne peut égaler la vénération qu'elle a pour vous, que le zele & le respect avec lequel je suis,

MONSEIGNEUR,

Votre très-humble & très-
obéissant serviteur,
MONTFLEURY.

ACTEURS.

BERNADILLE.

JULIE, *en habit d'homme, sous le nom de Fédéric, femme de Bernadille.*

DOM LOPE, *Amant de Constance.*

CONSTANCE.

OCTAVE, *confident de Julie.*

BEATRIX, *suivante de Constance.*

GUSMAN, *valet de Bernadille.*

DEUX VALETS DE JULIE.

La Scène est à Faro.

LA FEMME JUGE ET PARTIE.

COMEDIE.

ACTE PREMIER.

SCENE PREMIERE.

BEATRIX, GUSMAN.

BEATRIX.

N'ACHEVERAS-TU point, babillard
éternel ?

GUSMAN.

Oui, notre maître est fou, je le garantis
tel ;
Je ne m'en dédis point, quoique tu puisses dire :
J'en sais bien la raison, & cela doit suffire.

BEATRIX.

Ne me diras-tu point, fans te faire prier ,
Quelle eft cette raifon?

GUSMAN.

Quoi! fe remarier?
Peut-il faire jamais de plus grande folie?

BEATRIX.

Comment! Un homme eft fou quand il fe remarie?

GUSMAN.

Non; mais ce vieux bourru qui fe veut engager,
De l'humeur dont il eft, n'y devroit pas fonger.
Et fi fon bel efprit fe régloit par le nôtre...

BEATRIX.

Pourquoi ne veux-tu pas qu'il aime comme un autre?

GUSMAN.

Quoi! s'étant une fois chargé d'une moitié,
Le Ciel a regardé fa mifere en pitié;
Et par une faveur, & rare, & fans égale,
D'un brevet d'homme veuf fa bonté le régale,
D'un brevet qui rendroit mille maris contens;
Et loin de devenir plus fage à fes dépens,
Après avoir vêcu trois ans dans le veuvage,
Il veut fe marier, & tu veux qu'il foit fage?
Cela ne fe peut pas.

BEATRIX.

Quant à moi, franchement,
Je fens que je pourrois m'y réfoudre aifément:
Qu'il eft plaifant d'aimer, & que le mariage
Eft doux, lorfque l'on fait en faire un bon ufage.

GUSMAN.

Quand même le motif qui l'y porte aujourd'hui
Seroit bon pour un autre, il ne vaut rien pour lui.
Eft-ce qu'il ne craint point....

BEATRIX.

Quoi?

GUSMAN.

Que cette derniere,

Ne lui faſſe le tour que lui fit la premiere?

BEATRIX.

Sa vertu fut trop grande, elle n'en fit jamais;
Si tu veux m'obliger, laiſſe ſon ombre en paix:
Perſonne mieux que moi ne ſut ſon innocence,
Car je ſervois Julie avant qu'être à Conſtance.

GUSMAN.

Quand mon maître le ſut, ce fut par ton moyen.

BEATRIX.

Je le dis, il eſt vrai; mais il n'en étoit rien;
La crainte de la mort m'inſpirant cette envie,
Je bleſſai ſon honneur pour me ſauver la vie.

GUSMAN.

Expliques-toi donc mieux, pour m'en faire douter.

BEATRIX.

Pour t'en mieux éclaircir, tu n'as qu'à m'écouter.
J'aimois Mendoſſe alors, il m'aimoit tout de même,
Et cherchoit à me voir avec un ſoin extrême:
Comme il m'avoit juré qu'il vouloit m'épouſer,
Je croyois le pouvoir un peu favoriſer;
Et quand l'occaſion m'en pouvoit être offerte,
Je laiſſois du jardin une porte entr'ouverte:
C'étoit notre ſignal, & de cette façon,
Nous nous voyions les ſoirs ſans donner de ſoupçons.
Mendoſſe vint un ſoir, où tout, en apparence,
Sembloit contribuer à notre intelligence.
Bernadille ſoupoit chez un de ſes amis,
Dont la maiſon étoit aſſez loin du logis:
Julie étoit au lit, & notre tête-à-tête,
Se trouva pour ce coup d'une longueur honnête.
L'entretien fut ſi long, que Bernadille enfin,
Revenoit à deſſein d'entrer par le jardin:
Il en étoit, je penſe, à dix pas ſans eſcorte,
Alors que pour ſortir Mendoſſe ouvroit la porte;
Qui s'étant apperçu que l'on faiſoit du bruit,
Croyant qu'on l'épioit, ſort, la ferme & s'enfuit.
Sa fuite fut fort prompte, & la nuit fort obſcure.

Bernadille enragé d'une telle aventure,
Jaloux & furieux de ce qu'il n'avoit pu
Reconnoître, ou du moins, suivre cet inconnu,
Un poignard à la main & la vue égarée,
Entre, & vient droit à moi : Ta perte est assurée,
Me dit-il, tu mourras si tu déguises rien ;
Apprends-moi mon malheur pour éviter le tien.
Cet homme que j'ai vu sortoit d'avec ma femme ;
Avoue-le, ou de ce fer je vais t'arracher l'ame.
Interdite & craignant, sur-tout que le poignard,
Ne me perçât trop tôt si je parlois trop tard ;
Je dis qu'il étoit vrai qu'il sortoit d'avec elle.

G U S M A N.

Quoiqu'il n'en fût rien ?

B E A T R I X.

Oui, sa menace cruelle,

Me fit appréhender tout d'un homme emporté ;
Et craignant de mourir disant la vérité,
J'aimai bien mieux mentir, & me sauver la vie.

G U S M A N.

Sais-tu de quel malheur ta fourbe fut suivie ?

B E A T R I X.

D'aucun ; car dès qu'il eut l'aveu que je lui fis,
Il ne témoigna plus de colere.

G U S M A N.

Tant pis.

B E A T R I X.

Tant pis ? Pourquoi tant pis ? Fais-toi du moins entendre.

G U S M A N.

Tu ne sais pas pourquoi tant pis ? Tu vas l'apprendre.
Ayant tiré de toi cet éclaircissement,
Bernadille cacha tout son ressentiment ;
Et quoique dans l'instant il n'en fit rien paroître,
Se croyant aussi sot qu'il méritoit de l'être,
Voulut perdre sa femme ; & dessus ton rapport
Il la fit mourir.

BEATRIX.

Lui ?

GUSMAN.

Mais je le vois qui fort.

BEATRIX.

Gufman, ne me perds pas ; auffi bien elle eft morte.

GUSMAN.

Quoi ! je pourrois trahir mon maître de là forte ?
Et lui pourrois céler que c'eft toi....

BEATRIX.

Parle bas ;

J'ai dedans ma caffette encore quatre ducats,
Que je te donnerai , fi tu n'en veux rien dire.

GUSMAN.

D'accord ; mais qu'il foient prêts avant qu'il fe retire.

SCENE II.

GUSMAN, BERNADILLE.

GUSMAN.

Quoi, Monsieur ! sur le point de vous remarier,
Vous paroissez rêveur ? Pouvez-vous oublier
Qu'il faut vous préparer pour cette grande fête ?

BERNADILLE.

Male-peste, j'ai bien des choses à la tête.
Je crains de faire ici quelque mauvais marché ;
Quand on prend une femme on est bien empêché.

GUSMAN.

Que craignez - vous, Monsieur, lorsqu'une telle
    envie...

BERNADILLE.

Si par malheur pour moi ma femme étoit en vie ;
Et que pour mes péchés un jour, à point nommé,
Elle revînt après notre hymen consommé,
On pourroit d'un quartier allonger ma figure.

GUSMAN.

Votre femme, Monsieur ? Et par quelle aventure ?
Les morts reviennent-ils ? Ne m'avez-vous pas dit
Que vous aviez causé sa mort ? & qu'un dépit,
Ou bien ou mal fondé, vous fit défaire d'elle ?

BERNADILLE.

D'accord ; mais la maniere en fut un peu nouvelle.
Ton zéle m'est connu, je veux t'ouvrir mon cœur.
Tu sais que j'épousai jadis, pour mon malheur,
Julie ?

GUSMAN.

Il m'en souvient.

BERNADILLE.

Qu'on vit brûler son ame,

Malgré nous & nos dents, d'une illicite flamme ;
Et qu'enfin m'efforçant d'en être convaincu ,
J'appris, sans me vanter, qu'on me faisoit cocu.

GUSMAN *à part.*

Ah ! que sans les ducats...

BERNADILLE.

Instruit de mon offense,

Je fis vœu d'être veuf, & le suis, que je pense.
Je feignis de vouloir aller pour quelque temps
A Cadix, où tous deux nous avions des parens ;
Et pour tout ménager, sans en donner de marque,
Je gagnai, par argent, le patron d'une barque,
Qui m'engagea dès-lors sa parole & sa foi,
Que tous ses gens & lui risqueroient tout pour moi.
A ce voyage feint je disposai Julie ;
Quoique ce fût par mer, elle en parut ravie.
Le jour pris, nous partons, dissimulant toujours ;
On prend une autre route, & nous voguons dix jours,
Tant qu'arrivés aux bords d'une isle inhabitée ,
Par mon commandement Julie y fut portée.
Voyant qu'on l'y laissoit, d'un ton pitieux & doux
Elle crioit : Mon cher, pourquoi me quittez-vous ?
De peur d'être attendri par des douceurs pareilles,
Je lui tournois le dos & bouchois mes oreilles ;
Puis faisant volte face assez loin de ce lieu,
D'un grand coup de chapeau je lui fis mon adieu.
Après que je me fus vengé de cette sorte,
Quand je fus de retour, je dis qu'elle étoit morte.
Qu'outre les maux de cœur qui lui prenoient souvent,
Nous fûmes si battus de l'orage & du vent,
Que la fiévre & la peur l'avoient d'abord saisie ;
Que malgré tous mes soins, ayant perdu la vie,
Ne pouvant prendre terre, il fallut consentir.
A la jetter en mer de crainte de périr ;
Et qu'enfin je jouai si bien mon personnage,

Qu'on ne se douta point...
G U S M A N.

                        Je sais bien davantage ;
Car je sai bien, Monsieur, que vous étant vengé,
Vous prîtes le grand deuil & fîtes l'affligé ;
Et qu'à vous consoler chacun perdoit sa peine.
Mais je m'abuse enfin, ou cette crainte est vaine ;
Vous n'avez rien appris d'elle depuis ce temps ?
B E R N A D I L L E.

Rien du tout ; cependant il s'est passé trois ans
Depuis qu'on la laissa dans cette isle déserte.
G U S M A N.

Ah ! ce terme est trop long pour douter de sa perte ;
Je vous garantis veuf, & sans doute, Monsieur,
Qu'elle y fut dévorée, & mourut de douleur.
B E R N A D I L L E.

Mais pour te dire tout, je crains plus que Julie,
Ce blondin revenu depuis peu d'Italie.
G U S M A N.

Comment, vous le craignez !
B E R N A D I L L E.

                       Oui, ce blondin charmant
Me semble familier plus que passablement.
Le drôle, sans façon, s'introduit chez Constance,
Il lui dit de grands mots, & même en ma présence
Il fait le bel-esprit, l'enjoué, le coquet,
Et c'est un petit fat qui n'a que du caquet,
Dont je ne dirois mot, n'étoit la conséquence :
Car ce galant qui voit si librement Constance,
Alors que je ne suis encor que protestant,
Etant époux, viendra chez moi tambour battant.
G U S M A N.

Mais sa mere devroit empêcher...
B E R N A D I L L E.

                            Comment faire ?
Elle lui dit assez qu'il n'est pas nécessaire
Que pour les visiter il prenne tant de soins ;

Elle dit à ſes gens dix fois le jour, du moins,
Qu'en cas qu'il y revienne, elle veut qu'on lui die,
Soit qu'elle y ſoit ou non, que ſa fille eſt ſortie.

GUSMAN.

Ne lui dit-on pas ?

BERNADILLE.

Oui, mais il répond : Ma foi,
Tu te mocques, mon cher, l'ordre n'eſt pas pour moi,
Ne me connois-tu pas ? La bévue eſt fort bonne,
C'eſt pour les importuns que cet ordre ſe donne.
Quoique l'on faſſe enfin pour l'empêcher d'entrer,
Il monte effrontément, & ſans ſe déferrer,
Entre en Marquis, & fait une galanterie
Du refus des valets, qu'il tourne en raillerie.
Qui diable ſe pourroit défendre de cela ?

GUSMAN.

Mais ne craignez-vous point Dom Lope ?

BERNADILLE.

Celui - là,
Ne m'inquiete pas ; je viens avec la mere,
Pour demain ſur le ſoir, de conclurre l'affaire ;
Elle y doit diſpoſer Conſtance. Après ceci,
Si le blondin s'y frotte, il verra...

GUSMAN.

Le voici,

BERNADILLE.

Evitons-le.

SCENE III.

JULIE en homme, sous le nom de Fédéric;
OCTAVE.

JULIE.

IL m'a vue & me fuit.
OCTAVE.

Mais, Madame,
Ne vous souvient-il plus que vous êtes sa femme?
JULIE.
Il m'en souvient trop bien.
OCTAVE.

Il faut donc aujourd'hui,
Sans perdre plus de temps, vous découvrir à lui.
JULIE.
Ah! c'est ce que je crains; il y va de ma vie.
Je veux savoir devant par quelle fantaisie
Il exposa mes jours dans ces pays déserts:
Autrement je me perds.
OCTAVE.

Mais lui-même il se perd;
Car s'il faut qu'une fois il épouse Constance,
Rien ne le peut sauver. Aimez-vous la vengeance?
Laissez-le marier, & le faite....
JULIE.

Tais-toi;
Une telle vengeance est indigne de moi:
Ce n'est pas, tu le sais, que pour m'ôter la vie.
OCTAVE.
Madame, de vos maux je fais une partie;
Et sans des importuns qui sont venus vous voir,

J'ose m'imaginer que j'allois tout savoir.
JULIE.
Oui, j'ai connu ton zéle, & ma reconnoissance
A ta fidélité doit cette récompense :
Outre qu'ayant besoin de ton adresse ici,
Du cours de mes malheurs tu dois être éclairci.
Tu sais qu'on me laissa dans une isle déserte,
Que je n'attendois plus que l'heure de ma perte,
Quand je vis sur le soir un vaisseau : Par mes cris
Qui s'y firent entendre, un pilote surpris,
Met la chaloupe en mer, fait ramer, me vient prendre
Etant dans le vaisseau, chacun vouloit apprendre
Qui dans un tel état avoit pu me laisser :
Et moi, je les priai tant de m'en dispenser,
Que leur civilité fut enfin assez grande
Pour ne me faire plus de semblable demande.
Ceux à qui mon malheur sembla le plus touchant,
M'apprirent que j'étois dans un Vaisseau Marchand ;
Qu'ils ne se pouvoient pas écarter de leur route,
Ni retourner pour moi sur leurs pas.
OCTAVE.
Je m'en doute ;
JULIE.
Que la nécessité leur faisoit cette loi,
Qu'ils voguoient à Venise, & que c'étoit à moi
A voir si je voulois demeurer & les suivre.
La crainte de la mort ou le desir de vivre,
Font que sans balancer d'abord je me résous
A les suivre.
OCTAVE.
Ma foi, j'aurois fait comme vous.
Quand ils auroient fait voile aux Indes, notre vie.
JULIE.
Enfin, pour t'achever un récit qui m'ennuie,
J'arrivai dans Venise, où voulant librement
Songer pour mon retour à mon rembarquement,
Je crus sous cet habit être plus assurée.

Une bague de prix qui m'étoit demeurée
Servit à ce dessein. Je cherchois chaque jour
Quelque commodité pour hâter mon retour,
Lorsque par un bonheur, qui m'a cent fois surprise,
Je vis un jour le Duc sur le Port de Venise,
Qui, comme font par-tout les gens de qualité,
Voyageoit seulement par curiosité.
Je crois t'avoir appris que le Duc de Médine
Est Seigneur où mes maux ont pris leur origine,
Et qu'avant mon départ je l'avois vu souvent;
Ainsi je le connus assez facilement:
Et comme entre étrangers librement on s'assemble,
Je lui fais compliment, & nous parlons ensemble:
Il me demanda fort d'où j'étois, & je pris
Le nom de Fédéric, & lui dis mon pays.
Le Duc me témoigna bien du plaisir d'apprendre
Que j'étois son sujet, & me pria d'attendre;
Même en nous séparant il me fit protester
Qu'avant la fin du jour j'irois le visiter.
Je le vis plusieurs fois : Il prit de cette sorte
Pour moi, sans me connoître, une amitié si forte,
Que ne pouvant quasi se passer de me voir,
Il me dit à la fin qu'il me vouloit avoir.
De sa civilité me trouvant fort surprise,
Je dis que j'étois prêt à partir de Venise
Pour aller en Espagne. Il me jura cent fois
Qu'il seroit de retour au plus tard dans six mois:
Qu'il vouloit visiter Naples, Rome & Florence;
Qu'après pour son retour il feroit diligence.
Sa priere & l'espoir de m'en faire un appui,
Lorsque je me verrois de retour avec lui,
Pour savoir le dessein de mon époux volage,
Me firent consentir à faire ce voyage,
Que je n'aurois pas fait, si le Duc dans ce temps,
M'eût dit qu'à son voyage il eût été trois ans.

OCTAVE.

Votre retour est doux par l'espoir qu'il vous donne,

Votre époux vous a vue, & ce qui m'en étonne,
Est qu'il ne vous ait point reconnue.

JULIE.

Et comment

Me reconnoîtroit-il sous ce déguisement ?
Depuis plus de trois ans il croit que je suis morte,
Et mon teint a depuis bruni de telle sorte,
Du hâle & du chagrin que mon sort me causoit,
Qu'il faudroit s'étonner s'il me reconnoissoit.

OCTAVE.

Je crains que vous n'ayez brouillé sa fantaisie,
Et qu'il n'ait pris de vous un peu de jalousie,
Vous voyant si souvent chez Constance.

JULIE.

Entre nous,

J'ai fait ce que j'ai pû pour le rendre jaloux.
J'affecte dès que j'entre, en faisant l'idolâtre,
Tout ce qu'a d'enjoué l'amour le plus folâtre ;
Les discours, les transports les plus passionnés,
De parler à l'oreille & de lui rire au nez.
En voyant son dépit mon chagrin se dissipe,
Je fais le guoguenard, je ris, je m'émancipe ;
Après je fais le beau, le jeune homme, le fat.
Constance ne hait pas qu'on vante son éclat ;
A son humeur ainsi la mienne s'accommode,
Je cajole à propos, je badine à la mode,
Je lui serre les doigts, je lui baise la main,
Je vante la blancheur de son bras, de son sein,
Son enbompoint, sa taille & sa beauté parfaite ;
Je fais le doucereux & m'épuise en fleurettes :
Et fais mille façons qu'on ne peut exprimer,
Pour le faire enrager, & pour m'en faire aimer.

OCTAVE.

Quel est donc votre but ?

JULIE.

C'est d'engager Constance,

Mon traître à son hymen bornant son esperance,

Voudroit de ce deſſein précipiter l'effet,
Mais je ſais qu'elle m'aime autant qu'elle le hait.

OCTAVE.

Mais n'aime-t-elle point Dom Lope ?

JULIE.

Tout de même,
Il s'en flatte en ſecret, & croit fort qu'elle l'aime;
Mais quoique chaque jour il lui rende des ſoins,
Conſtance aſſurément ne m'en aime pas moins.

* * *

SCENE IV.

BERNADILLE, JULIE, OCTAVE.

BERNADILLE.

ALlons voir ſi Conſtance eſt enfin réſolue...
Quoi ! toujours cet objet me choquera la vue ?

OCTAVE.

Bernadille revient.

JULIE.

Peut-on ſavoir, Monſieur,
Comment vous vous portez aujourd'hui ?

BERNADILLE.

Trop d'honneur;
Je me porte fort bien. Ah ! le ſot perſonnage !
Morbleu !

JULIE.

Les amoureux ont toujours bon viſage;
Auſſi, pour en parler avec ſincerité,
Quiconque ſe marie a beſoin de ſanté.

BERNADILLE.

Comme d'autres.

JULIE.

Bien plus; car je me perſuade

Que la douleur de l'un voyant l'autre malade,
Mêle trop d'amertume à des momens si doux :
Qu'en dites-vous, Monsieur ?

BERNADILLE.

Je m'en rapporte à vous.

JULIE.

Que j'aurai de plaisir à vous voir une femme,
D qui l'amour réponde à l'ardeur de votre ame ;
Et dans qui vous trouviez des vertus, des appas :
Ah ! je voudrois déja la voir entre vos bras.
Pour cet heureux moment je meurs d'impatience.

BERNADILLE.

Vous n'en serez pourtant gueres mieux, que je pense.

JULIE.

Peut-être.

BERNADILLE.

Peut-être ?

JULIE.

Oui, j'en prétends être mieux.

BERNADILLE.

En quoi donc, s'il vous plaît ?

JULIE.

Vous êtes curieux.
Je prétends partager, si l'hymen vous assemble,
La joie & les douceurs que vous aurez ensemble ;
Et qu'enfin par l'effet d'un transport d'amitié,
Mon cœur, de vos plaisirs, ressente la moitié.
Oui, je prétends enfin que votre femme m'aime,
Et qu'elle soit autant à moi comme à vous-même,
Savoir tous vos secrets & tous vos entretiens,
Confondre mes soupirs sans cesse avec les siens ;
Et fussiez-vous toujours près d'elle en sentinelle,
Passer, quand je voudrai, quelque nuit avec elle.
Je prétends que mes soins par les siens secondes...

BERNADILLE.

Alte-là, je vois bien ce que vous prétendez.
Vous vous expliquez bien, Monsieur, & la maniere

En eſt intelligible, & même familiere.
Enfin, vous prétendez, quand j'aurai ma moitié,
L'aimer ? Bon : Que pour vous elle ait de l'amitié ?

JULIE.

Sans doute.

BERNADILLE.

Que ſon cœur, flattant votre tendreſſe,
Ne s'effarouche pas pour un peu de foibleſſe ?
Et ſans mettre vos feux ni les ſiens au hazard,
Que de tous vos plaiſirs vous aurez trop de part ?

JULIE.

Oui.

BERNADILLE.

Sans en excepter ceux…Là, ceux que ma flamme…

JULIE.

Comment ceux ?

BERNADILLE.

Ceux enfin qui la feront ma femme.

JULIE.

Sans réſerve, & je veux que de ſemblables nœuds…

BERNADILLE.

Enfin, que nous n'ayions qu'une femme à nous deux.

JULIE.

Juſtement.

BERNADILLE.

Il faudra ménager notre abſence ?

JULIE.

Non, je veux que ce ſoit même en votre préſence,
Et vous le ſouffrirez ſans en dire un ſeul mot.

BERNADILLE.

Je ne croyois donc pas être encore ſi ſot !
Vous ſeriez, vous flattant d'un eſpoir ſi frivole,
Aſſez fat, puiſqu'il faut qu'enfin je vous cajole,
Pour croire qu'à mes yeux vous puiſſez ménager
Une biſque amoureuſe, & l'heure du berger ?
Qu'aux ſoins de votre amour mon humeur s'accom-
    mode ;

Et qu'enfin devenant pour vous mari commode,
Je partage avec vous mon lit de temps en temps?
Hem ?

JULIE *en riant.*

Hé.

BERNADILLE.

Quoi ?

JULIE.

Franchement, c'est à quoi je m'attends:
Pourquoi dissimuler ?

BERNADILLE.

C'est parler sans peut-être.
Savez-vous que chez moi j'ai plus d'une fenêtre;
Et si vous prétendez y venir conquêter,
Que vous y pourriez bien apprendre à défauter;
Et que vous commencez à m'échauffer la bile !

JULIE.

Ce que vous demandez est donc fort inutile,
Et c'est de mes desseins vous informer en vain ;
Car vous vous mariez ?

BERNADILLE.

Pas plutôt que demain.

JULIE.

Constance est bienheureuse, & le ciel lui fait grace:
Ah ! que j'aurois de joie à remplir cette place !
De posséder en vous le cœur & l'amitié
D'un homme...

BERNADILLE.

Brisons-là, c'est trop de la moitié.
Mon entretien a peu dequoi vous satisfaire,
Lorsque l'on se marie on n'est pas sans affaire.
J'ai dessus mon hymen des ordres à donner,
Des articles à faire, un contrat à signer,
Une maîtresse à voir qui brûle d'être nôtre,
Des parens à prier tant d'un côté que d'autre ;
Et vous n'avez plus rien à me faire savoir,
C'est pourquoi je vous dis serviteur & bon soir.

SCENE V.

JULIE, OCTAVE.

OCTAVE.

Il va se marier, & la chose vous touche ;
Cette nouvelle doit vous faire ouvrir la bouche:
Vous y rêvez en vain, il faut vous découvrir.

JULIE.

Oui, mais je dois songer à ne le pas aigrir,
Et ménager l'ardeur & l'esprit de ce traître,
Pour ne pas m'exposer en me faisant connoître.
Je vais m'y préparer, & songer aux moyens
De conserver mes jours, sans hazarder les siens.

Fin du premier Acte.

ACTE II.

SCENE PREMIERE.

BERNADILLE, GUSMAN.

BERNADILLE.

AH! que je viens d'apprendre une heureuse nouvelle!
Que j'en conçois d'espoir!

GUSMAN.

Tant mieux. Mais quelle est-elle?
Peut-on la demander & l'apprendre?

BERNADILLE.

En deux mots,
J'ai trouvé le secret de me mettre en repos,
De voir d'un heureux sort ma disgrace suivie,
Et mettre en sûreté mon honneur & ma vie:
Mais cela part de-là. Quand on a de l'esprit
On vient à bout de tout.

GUSMAN.

Aurez-vous bientôt dit?
Et saurons-nous enfin...

BERNADILLE.

Tu sais bien que Mizante
Etoit ici Prévôt?

GUSMAN.

Oui.

BERNADILLE.

Sa charge est vacante.

B

GUSMAN.

Comment, seroit-il mort?

BERNADILLE.

Non ; mais enfin le Roi,
Par le moyen du Duc, lui donne un autre emploi.

GUSMAN.

Et que vous fait cela ? Faites-moi donc entendre
Quelle part vous prenez...

BERNADILLE.

Tu ne saurois comprendre
Quel espoir j'en conçois.

GUSMAN.

Non. Qu'en esperez-vous?

BERNADILLE.

Je la veux demander.

GUSMAN.

Vous ?

BERNADILLE.

Oui.

GUSMAN.

Pour qui?

BERNADILLE.

Pour nous.

GUSMAN.

Vous Prévôt?

BERNADILLE.

Et je veux avec ce privilége....

GUSMAN.

Est-ce dans un moulin que l'on tiendra le siége?

BERNADILLE.

Maraud, de temps en temps vous vous émancipez.

GUSMAN.

Mais dedans ce projet, Monsieur, vous vous trompez.
Il faut savoir beaucoup.

BERNADILLE.

Nos ducats, que je pense,
Suppléront au défaut de notre insuffisance.

G U S M A N.

Cela ne se vend point. Vous savez qu'aujourd'hui
C'est le Duc qui la donne, elle dépend de lui;
Que le merite seul...

B E R N A D I L L E.

Ta raison n'est pas forte;
Le merite est un sot, si l'argent ne l'escorte.
Vouloir sans interêt faire agir la faveur,
C'est savoir mal son monde, & risquer son bonheur.
Mais avec ce secours, pour peu qu'on sollicite,
L'argent passe, morbleu, sur le ventre au merite;
Outre, sans vanité, que l'on rencontre en moi
Tout ce qu'il faut avoir pour faire un tel emploi.
J'aime fort peu le sang , & pourvu qu'on me donne,
Je ne pourrai jamais faire pendre personne.
Cinquante faussetés ne me coûteront rien
Pour servir mes amis, si l'on en use bien.
Je sais tenir long-temps un procès dans sa source,
Et juridiquement pressurer une bourse :
Je sais lire par-tout, belle écriture ou non,
Et bien ou mal enfin, je sais signer mon nom.
Pour mon visage il a, sans paroître farouche,
Quelque chose de grand.

G U S M A N.

Oui, Monsieur, c'est la bouche,
Etre fort âpre au gain, & gueres scrupuleux,
Et Juge, est un secret pour n'être jamais gueux :
Et vous avez raison de voir si la fortune....

B E R N A D I L L E.

Dis que j'ai des raisons, je n'en ai pas pour une.
Quelqu'un pouvant savoir, ou du moins se douter
De la mort de ma femme, on peut m'inquiéter:
Tout se sait tôt ou tard. Mais quand je serai Juge,
Ma Charge & mon pouvoir deviendront mon refuge;
Je la veux donc briguer & l'emporter d'assaut,
Dussai-je l'acheter dix fois ce qu'elle vaut.
Féderic peut beaucoup près du Duc de Médine,

Pour me la procurer c'est lui que je destine ;
C'est un aventurier, quoiqu'il soit mon rival,
A qui deux cent ducats ne sieront pas trop mal.

GUSMAN.

Sans interêt, Monsieur, il vous rendra service.

BERNADILLE.

Je crois bien qu'il pourroit me rendre cet office ;
Mais le drôle peut-être, en me rendant content,
Prétendroit me servir à la charge d'autant ;
Et c'est dont je lui veux supprimer l'esperance :
Tant tenu tant payé.

GUSMAN.
Le voici qui s'avance.

SCENE II.

JULIE, OCTAVE, BERNADILLE, GUSMAN.

BERNADILLE.

Qu'il eſt rêveur ! N'importe, il le faut approcher.
Je vous trouve à propos, & j'allois vous chercher.

JULIE ſe promene en rêvant.

Faut-il me découvrir, ſans ſavoir la maniere…

BERNADILLE.

Monſieur, j'allois chez vous vous faire une priere.

JULIE.

Que le ſort m'eſt contraire, & qu'un pareil malheur…

BERNADILLE.

J'allois vous demander une grace.

JULIE l'appercevant.

Ah ! Monſieur !
Pour vous prouver mes ſoins, tout me ſera facile.
Que mon bonheur eſt grand ſi je vous ſuis utile !
L'honneur de vous ſervir ſera pour moi ſi doux,
Que jamais…

BERNADILLE.

Franchement, j'ai fait grand fond ſur vous.

JULIE.

Ah ! ſi j'oſe à mon tour vous faire une priere,
C'eſt d'en uſer toujours de la même maniere :
Mais ſachons quel motif vous amene vers moi ?

BERNADILLE.

Je veux ſolliciter près du Duc un emploi.

JULIE.

Quel? B 3

BERNADILLE.

Celui de Prévôt : auprès de fa perfonne
Nous favons quel crédit votre vertu vous donne ;
Et fi vous en parlez, nous n'avons pas douté...

JULIE.

Oui, j'y puis quelque chofe, & j'en fuis écouté,
Et je ne penfe pas que le Duc me refufe.

BERNADILLE.

Au refte, nous favons un peu comme on en ufe ;
Et pour remercier plus agréablement,
Mettre deux cent ducats au bout d'un compliment.
C'eft de quoi je prétends, fans que rien m'en difpenfe,
Affaifonner mes foins & ma reconnoiffance.

JULIE.

Non, je ne veux de vous rien que de l'amitié ;
Si vous m'en promettez, je me tiens trop payé.
Votre bien eft pour vous une foible reffource,
J'en veux à votre cœur, non pas à votre bourfe :
Pourvu que vous m'aimiez, je ferai trop content.

BERNADILLE à *Gufman.*

Ne te l'ai-je pas dit, à la charge d'autant ?
(*à Julie.*)
Un fervice pareil veut une récompenfe.

JULIE.

De grace, finiffez un difcours qui m'offenfe.
Vous pourrai-je compter au rang de mes amis ?
Répondez.

BERNADILLE.

Quant à moi, je vous fuis tout acquis.

JULIE.

Que je me tiens heureux, après un tel fervice,
S'il faut que pour jamais l'amitié nous uniffe !
Mon cœur, fur votre aveu, fe flatte de cela :
Vous me le promettez ?

BERNADILLE.

Tout ce qu'il vous plaira.

JULIE.

Allez : de mon crédit vous pouvez tout attendre ;

De ce pas, près du Duc, je vais pour vous me rendre:
Je ferai mes efforts pour vous voir satisfait.

BERNADILLE.

Et nous saurons tantôt ce que vous aurez fait.

SCENE III.

JULIE *seule*.

SOn dessein m'offre assez de quoi me satisfaire,
Et la faveur du Duc me sera nécessaire.
Je passerai le jour fort agréablement,
Si je ne fais agir mon crédit vainement.
Mais Constance paroît; touchant mon infidele,
Je me veux un moment égayer avec elle.
Je songe à l'engager.

SCENE IV.

CONSTANCE, BEATRIX, JULIE.

CONSTANCE.

Vous devez être inftruit
A quelle extrémité mon malheur me réduit ;
Et vous devez favoir à quel point j'appréhende
L'époux à qui l'hymen veut que mon cœur fe rende :
Avecque tant d'amour verrez-vous fans douleur,
Que mon devoir vous ôte & ma main & mon cœur ?

JULIE.

Non. Que fur ce fujet votre efprit fe raffure ;
J'y prends trop d'interêt pour le laiffer conclure.

CONSTANCE.

Ne me déguifez rien ; pouvez-vous efperer...

JULIE.

Vous faut-il des fermens pour vous en affurer ?
Puiffai-je, pour fouffrir une gêne éternelle,
Eprouver à vos yeux la mort la plus cruelle ;
Que la foudre du ciel m'écrafe à vos genoux,
Si, tant que je vivrai, vous l'avez pour époux.
Après cela, Madame, êtes-vous fatisfaite ?

CONSTANCE.

Je dois beaucoup aux foins d'une ardeur fi parfaite.

JULIE.

Non que je le méprife, il eft riche, & je croi
Que fans doute il feroit mieux votre fait que moi :
Mais puifqu'à cet hymen votre cœur eft contraire,
Pour vous en garantir, je fais ce qu'il faut faire.

CONSTANCE.

Ah ! vous ne fauriez mieux me prouver votre foi.

JULIE.

En travaillant pour vous, je travaille pour moi.
Je mourrois de douleur, si vous étiez sa femme.

CONSTANCE.

Et peut-être sans vous, cet hymen...

JULIE.

Quoi! Madame,
Si le Ciel eût plus tard conduit ici mes pas,
Bernadille eût été maître de tant d'appas,
De ce cœur, de ces lys? Ah! cette seule idée
Rend d'un courroux si grand mon ame possédée,
Que n'ayant contre lui plus rien à ménager,
J'aurois assurément mis sa vie en danger.

CONSTANCE.

Que j'aime ce courroux, Féderic! Que votre ame,
Par ce jaloux transport, marque bien votre flamme!
De vos feux, il est vrai, l'aveu me semble doux;
Mais on trouve si peu d'hommes faits comme vous,
Que quel que soit l'effet d'une flamme si prompte,
Un vainqueur comme vous ne me fait point de honte.
Il est si mal-aisé...

JULIE.

Sans vanité, je croi
Que l'on trouve fort peu d'hommes faits comme moi.
Mais un défaut pour vous, d'un très-mauvais présage,
Fait que je n'ai pas lieu d'en tirer avantage :
Malgré tout le bonheur qui semble m'accabler,
Je doute que pas un voulût me ressembler.
Ainsi, pour bien régler mes transports sur les vôtres,
Je n'en vaudrois que mieux d'être comme les autres.

CONSTANCE.

Vous êtes trop modeste, & ce discours sied mal
A ceux dont le bonheur au merite est égal.
A vous voir si bien fait, aisément on devine...

JULIE.

Il ne faut pas toujours se régler sur la mine.

CONSTANCE.

Votre efprit & votre air font que l'on fe réfout....

JULIE.

J'ai de l'exterieur, Madame; mais c'eft tout :
Je doute que cela puiffe vous fatisfaire.

CONSTANCE.

On eft affez parfait quand on a de quoi plaire.

JULIE.

Quoi! vous pourrez m'aimer, étant ce que je fuis?

CONSTANCE.

Pouvez-vous en douter, après ce que je dis?

JULIE.

Souffrez qu'après l'efpoir où cet aveu m'engage,
Je vous donne ma main & ce baifer pour gage.

CONSTANCE.

Ah! ne m'offenfez pas, Féderic; & fachez.....

JULIE.

Hé quoi! pour un baifer vous vous effarouchez?
Je veux pourtant régler mes defirs fur les vôtres,
Et vous accoutumer à m'en fouffrir bien d'autres.
Oui, je prétends vous voir, avant la fin du jour,
Dans mes embraffemens éteindre votre amour.

CONSTANCE.

Je crois qu'il perd l'efprit. Féderic, fi votre ame
Prétend que mon aveu m'engage....

JULIE.

Non, Madame;
Quelque efpoir dont pour vous mon cœur fe foit flatté,
Avec moi votre honneur eft fort en fûreté.
Le ciel à mes deffeins, comme à vos vœux contraire,
Ne m'a pas fur ce point permis de vous déplaire;
Et la nature enfin, malgré ces mouvemens,
A donné fort bon ordre à mes emportemens.

CONSTANCE.

Auffi par le refpect & par la retenue,
La flamme d'un amant eft toujours mieux connue.
Sans ces petits tranfports que je n'approuve point,

Vous feriez à mes yeux aimable au dernier point ;
Je cherirois vos foins ; votre entretien, vos plaintes
Porteroient à mon cœur de fenfibles atteintes :
Mais enfin, ce défaut excite mon courroux.
Ainfi, jufqu'à préfent, je puis dire de vous,
Que pour vous faire aimer il vous manque une chofe.

JULIE.

Cela peut être vrai ; mais je n'en fuis pas caufe.
Je le fais mieux que vous, & cependant il faut....

CONSTANCE.

Lorfque l'on reconnoît en foi quelque défaut,
Il faut s'en corriger, & que notre amour céde....

JULIE.

Il eft vrai ; mais le mien eft un mal fans reméde,
Et pour l'amour de vous j'en fuis au défefpoir.
Mais enfin, le plaifir que je prends à vous voir,
Me fait prefque oublier que dans cette journée
Je dois vous affranchir d'un fâcheux hymenée :
Je vais m'y préparer.

CONSTANCE.

Souvenez-vous, du moins,
Que mon repos dépend du fuccès de vos foins ;
Et que fi vous m'aimez....

JULIE.

Ah ! vous aurez, Madame,
Avant la fin du jour, des preuves de ma flamme ;
Et je prétends enfin que l'hymen, dès demain,
Réuniffe à jamais ce cœur & cette main.

SCENE V.

CONSTANCE, BEATRIX.

CONSTANCE.

HElas! qu'un tel espoir me rassure & me flatte !
Et s'il faut aujourd'hui que son amour éclate,
Qu'il rompe cet hymen.

BEATRIX.

     Quoi donc! ce marmouzet,
Avec son beau langage & son ton de fausset,
Avec son poil blondin transplanté sur sa tête,
Vous plairoit pour époux, & vous seriez si bête
Que de le préferer à Dom Lope ?

CONSTANCE.

      Entre nous,
Féderic, tel qu'il est, me plairoit pour époux.

BEATRIX.

Ce qu'il a de meilleur, je crois que c'est la langue ;
Mais le méchant régal enfin qu'une harangue !
Madame, franchement, ce n'est pas votre fait ;
Et vous courez hazard, outre qu'il est mal fait,
Quoiqu'il soit grand causeur & fort sur la fleurette ;
D'en être mal, vous dis-je, & très-mal satisfaite.
Je vous dis nettement ce que j'ai sur le cœur.
Il ressemble à ces gens qui nous portent malheur,
Il a le menton chauve.

CONSTANCE.

    Hé bien, qu'en veux-tu dire ?

BEATRIX.

Que Dom Lope vaut mieux.

CONSTANCE.

Beatrix aime à rire;
Mais Féderic en tout me semble sans égal.

BEATRIX.

Mais Dom Lope, Madame, est galant, libéral;
Quoiqu'il soit un peu brusque, il a de la naissance,
Et vous fut cher.

CONSTANCE.

Tais-toi, le voici qui s'avance;
Son courroux contre moi va d'abord éclater;
Il sait qu'on me marie, & je veux l'éviter.

BEATRIX.

Mais vous ne vous sauriez dispenser de l'entendre.

SCENE VI.

DOM LOPE, CONSTANCE, BEATRIX.

D. LOPE.

MAdame, si j'en crois ce que je viens d'apprendre,
Je vous perds, & demain l'on vous donne un époux.
Bernadille a-t-il pu vous obtenir de vous ?
Ce cœur qui fut pour moi jusqu'à présent sensible,
A-t-il trouvé pour lui le changement possible ?
Recevez-vous sa main sans faire aucun effort
Pour adoucir le coup qui doit causer ma mort ?
Faut-il, sans murmurer, que ce cœur me trahisse ?

CONSTANCE.

Dom Lope, on me l'ordonne, il faut que j'obéisse ;
Ma mere en sa faveur dispose de ma foi :
Si mon cœur fut à vous, ma main n'est pas à moi ;
Je dois par son aveu....

D. LOPE.

Dites plutôt, Madame,
Que l'éclat de son bien a su toucher votre ame ;
Qu'au défaut de l'amour qui vous est odieux,
L'argent, pour un brutal, vous fait ouvrir les yeux ;
Que mon ame pour vous trop facile à surprendre,
Du piége où j'ai donné, devoit mieux se défendre,
Et que le désespoir d'un cœur comme le mien....

CONSTANCE.

Ces transports de courroux n'aboutissent à rien.
Il faut à nos plaisirs, quand le malheur succéde,
Se payer de raison, quand il est sans reméde.

Faites ce que pour vous j'ai fait jusques ici.
Vous m'aimiez, disiez-vous, je vous aimois aussi.
Vos yeux, qui me cherchoient avec un soin extrême,
M'ont vue avec plaisir, je vous ai vu de même ;
Mon cœur, d'un vain espoir ayant su se flatter,
Dans ses empressemens a su vous imiter ;
Et préferant enfin votre ardeur à tout autre,
Mon cœur jusqu'à présent s'est réglé sur le vôtre :
Puisqu'enfin à changer mon ame se résout,
Changez à mon exemple, & m'imitez en tout.
Si pour un riche époux je vous suis infidelle ;
Prenez une maîtresse & plus riche & plus belle ;
Cherchez à mon exemple à vous mieux engager,
Et profitons tous deux du plaisir de changer.

D. LOPE.

Il faudroit le pouvoir, ingrate, & ne pas être
Esclave d'un amour que vous avez fait naître.
Quoi ! le plus grand effort que vous fassiez pour nous,
Est de me conseiller de changer comme vous ?
L'interêt vous aveugle, & votre cœur se jette
Dans les bras du premier qui s'offre & qui l'achete.
Je vois trop qu'un objet sans amour & sans foi,
Meritoit peu les soins d'un homme comme moi.

CONSTANCE.

Il falloit moins l'aimer, & ne pas y prétendre.

D. LOPE.

Ah ! je ne savois pas que ce cœur fût à vendre :
Mais l'amour & le temps puniront ces mépris,
Et vengeront l'ardeur dont le mien est épris.
J'en conçois de la joie, & votre hymen m'en donne,
Songeant pour quel époux votre cœur m'abandonne :
Oui, ce cœur méprisé ne désespere pas
Que vous ne regrettiez ma perte entre ses bras ;
Et que le désespoir de vous voir sa captive....

CONSTANCE.

Adieu. Je vous croirai, si tout cela m'arrive.

SCENE VII.

DOM LOPE, BEATRIX.

D. LOPE.

Dieux! quelle indifference! Ah! Beatrix.

BEATRIX.

Hé bien?

D. LOPE.

Epouſer Bernadille!

BEATRIX.

Elle n'en fera rien.

D. LOPE.

Et tu vois cependant comme elle s'y diſpoſe.
Dis-moi, de ſon ſecret ſi tu ſais quelque choſe.

BEATRIX.

Cela m'eſt défendu.

D. LOPE.

Hé, de grace, apprends-moi
Ce qui peut l'obliger à me manquer de foi.
Comment à cet hymen s'eſt-elle réſolue?
Quel charme & quel appas ont ébloui ſa vue?

BEATRIX.

Mais vous me promettez de la diſcrétion?

D. LOPE.

Je n'en manquai jamais. Voici ma caution.
Prends ces quatre louis.

BEATRIX.

Monſieur....

D. LOPE.

Prends-les, te dis-je.

BEATRIX.

Mais, Monſieur...

D. LOPE.

Prends, je fais connoître qui m'oblige:
Ne me fais point languir, apprends-moi ce que c'est.

BEATRIX.

Vous faurez.... je vous fers au moins fans interêt,
Qu'elle aime Féderic.

D. LOPE.

Elle l'aime! Ah! l'ingrate!
L'aime-t-il?

BEATRIX.

Il le dit; & de plus il la flatte
De rompre fon hymen, & d'être fon époux :
Et c'eft pourquoi Conftance eft fi fiere pour vous.

D. LOPE.

Qui l'eût jamais penfé, qu'une ame fi volage....

BEATRIX.

Adieu. Je n'oferois demeurer davantage;
Et fi je ne la fuis, elle fe doutera...

D. LOPE.

Au moins....

BEATRIX.

Vous faurez tout ce qui fe paffera.

D. LOPE.

Ma flamme, en ta faveur, fera reconnoiffante;
Et je prétends....

BEATRIX.

Monfieur, je fuis votre fervante.

SCENE VIII.

DOM LOPE *feul.*

L'Amour de Féderic l'emporte fur le mien !
Il prétend l'époufer ! Je l'empêcherai bien.
Quelque aimable à fes yeux que ce rival puiffe être,
Ce n'eft que par ma mort qu'il peut s'en rendre maître.
Cherchons-le ; & s'il nous fait foupirer vainement,
Faifons-lui voir où va notre reffentiment.

Fin du fecond Acte.

ACTE III.

SCENE PREMIERE.

BEATRIX, CONSTANCE.

BEATRIX.

MAUDIT soit mille fois, autant homme que
    femme,
Quiconque comme vous a de l'amour dans l'ame.

CONSTANCE.

Qui t'oblige à pester ainsi contre l'amour ?

BEATRIX.

Vous me faites jaser avec vous nuit & jour :
A peine de dormir ai-je quelque esperance,
Que pour m'en empêcher, votre plainte commence :
Vous avez de l'amour, & ce cœur gros d'espoir,
Fait dépense en soupirs du matin jusqu'au soir.
L'hymen qu'on vous propose est pour vous un
    supplice ;
Et moi qui n'en puis mais, il faut que j'en patisse.

CONSTANCE.

Puisque je t'ai tant dit que la crainte & l'amour,
Sur l'hymen que je crains m'agitent tour à tour,
Te faut-il étonner si tu les vois paroître ?
Plutôt que de mon cœur Bernadille soit maître,
Le transport d'un amour caché jusques ici,
Eclatera...

BEATRIX.

Tout doux, Madame, le voici :
Renguainez ; il vous faut jouer un autre rôle.

***

SCENE II.

BERNADILLE, CONSTANCE, BEATRIX.

BERNADILLE.

Voyons si Féderic est homme de parole.
Mais j'apperçois Constance, il la faut approcher.
Je ne savois que faire, & j'allois vous chercher ;
Bon jour.

BEATRIX.

Fort bien.

BERNADILLE.

Enfin, vous voyez Bernadille,
Avec qui vous perdrez la qualité de fille :
Avant que le soleil soit demain occupé,
Nous nous verrons de près, ou je suis bien trompé.
Je crois qu'un tel discours ne sauroit vous déplaire :
Mes ordres sont donnés pour tout ce qu'il faut faire.

CONSTANCE.

Quels habits vous fait-on ? Il faut qu'un homme veuf...

BERNADILLE.

A quoi bon des habits ? le mien est presque neuf.

CONSTANCE.

Il n'est pas à la mode.

BERNADILLE.

Il n'est mode qui tienne,

CONSTANCE.

Mais la mode voudroit…

BERNADILLE.

Mais il est à la mienne.
Je ne suis pas d'avis, n'étant pas courtisan,
De mettre sur mon dos mon revenu d'un an ;
Ni que vous prétendiez, ayant plus d'une robe,
Des sottises du tems faire une garde-robe.

CONSTANCE.

Il suffit ; mais du moins il vous faut des rabats :
De quoi vous les fait-on ?

BERNADILLE.

Pourquoi ? N'en ai-je pas ?
J'en ai deux tout pareils ; & ce seroit, je pense,
Fort inutilement faire de la dépense.
Regardez ce patron.

CONSTANCE.

Il est fort ancien.

BERNADILLE.

Tout le point que l'on fait à présent ne vaut rien ;
Cela vaut mieux cent fois.

CONSTANCE.

Je le crois.

BERNADILLE.

Je vous jure
Que depuis quatorze ans ce rabat-là me dure.

CONSTANCE.

Pourquoi cette calotte ? On est mille fois mieux,
Outre que vous devez avoir froid sans cheveux,
Avec une perruque.

BERNADILLE.

Est-il une perruque
Qui pût si chaudement entretenir ma nucque ?
Voyez si sur ce point je dois être content ;
Cela tient bien plus chaud, & ne coûte pas tant.
Chacun dedans ce temps à son gré s'accommode,
On ne voit que les foux esclaves de la mode ;

Et j'aime mieux me voir, revenu de ces soins,
Dix pistoles de plus & deux perruques moins.
Il faut pour le besoin avoir quelque ressource ;
Ce qui sied bien au corps sied très-mal à la bourse ;
Et je ne veux enfin rien avoir d'affecté,
Qu'un habit bien commode, & de la propreté.

CONSTANCE.

C'est assez. Fera-t-on le festin chez ma mere ?
Avez-vous donné l'ordre ?

BERNADILLE.

Un festin ! Pourquoi faire ?
Ceux qui le mangeroient me prendroient pour un fat :
Je souperai chez vous, & porterai mon plat,
Sans façon : c'est agir prudemment, ce me semble ;
Puis nous irons chez moi coucher tous deux ensemble.

CONSTANCE.

Quel est cet ordre donc que vous avez donné ?

BERNADILLE.

Que mon lit soit bien fait, & qu'il soit bassiné.
Vous riez, & m'allez encor citer la mode.
A ce que je puis voir, vous daubez ma méthode,
Parce qu'il est des foux dont le prodigue amour
Leur fait d'un sot éclat solemniser ce jour ;
De qui la vanité, pour leur bourse cruelle,
Les chargent de rubans, de points & de dentelles ;
Qui croiroient ce jour-là n'être pas mariés,
S'ils n'étoient neufs depuis la tête jusqu'aux pieds ;
Qui ne refusent rien aux soins qui les transportent,
Et qui se font de loin montrer tout ce qu'ils portent.
Quoi ! parce que des sots se piquent, quoique mal,
D'un pompeux appareil d'un cadeau nuptial,
Il faut faire comme eux ? Et quand on se marie,
Ce n'est donc pas assez de faire une folie ?
La raison sur ce point ne doit pas s'écouter ?
Il faut suivre leur piste, & pour les imiter,
Dépensant tout d'un coup ce que l'on a de rente,
Se donner en un jour du chagrin pour cinquante ?

Et tenant table ouverte enfin à tous venans,
Passer pour un bon jour six mois de mauvais temps!
Je pourrois concevoir une pareille envie!
Je demeurerois veuf plutôt toute ma vie,
Je vous le dis tout net : cet article est réglé,
Ce n'est pas mon avis, qu'il n'en soit plus parlé.

CONSTANCE.

Vous vous fâchez à tort, vous en êtes le maître;
Je souscris à tout : mais je vois quelqu'un paroître.
C'est Féderic. Adieu, de peur de vous troubler....

BERNADILLE.

C'est bien fait, aussi-bien je voulois lui parler.

SCENE III.

JULIE, OCTAVE, BERNADILLE.

JULIE.

Je viens de voir le Duc.

BERNADILLE.

Ah ! faveur sans seconde ?
Qu'avez-vous fait ?

JULIE.

Il m'a reçu le mieux du monde.

BERNADILLE.

Je m'en suis bien douté, cela va bien pour nous.

JULIE.

J'ai fait ma cour un temps, puis j'ai parlé de vous,
Et demandé la charge où votre cœur aspire ;
Et j'ai dit tout le bien de vous qu'on en peut dire.

BERNADILLE.

Que ne vous dois-je point ?

JULIE.

Que vous étiez savant,
Désintereffé, franc, scrupuleux, clair-voyant,
Estimé dans ces lieux, severe, incorruptible.

BERNADILLE.

Ah ! point du tout.

JULIE.

Enfin, j'ai fait tout mon possible.

BERNADILLE.

Je vous dois trop. Hé bien ?

JULIE,

JULIE.

Il a très-bien goûté
Ce que je lui difois de votre probité,
Et dit ces mêmes mots. Je connois Bernadille,
J'eftime fa perfonne, & connois fa famille.

BERNADILLE.

Mais venons au fujet dont on l'entretenoit:
Qu'a-t-il dit fur la charge? Hem?

JULIE.

Qu'il me la donnoit;

BERNADILLE.

J'embraffe vos genoux; Bernadille, je jure,
Ne fe dira jamais que votre créature.

JULIE.

Mais le Duc cependant, en cette occafion,
A mis, me la donnant, une condition,
Qui, pour votre interêt, me donne peu de joie.

BERNADILLE.

Je vous entends, le Duc a befoin de monnoie.

JULIE.

Non, non, il n'en veut rien.

BERNADILLE.

Daignez donc achever;
Quelle condition veut-il faire obferver?
L'honneur de le fervir m'eft un plaifir extrême.

JULIE.

C'eft à condition de l'exercer moi-même;
Et qu'il la refufoit à tout autre qu'à moi.

BERNADILLE.

Je n'attendois pas moins de votre bonne foi.
Ah! la fourbe! *Pour vous tout me fera facile:*
Que mon bonheur eft grand, fi je vous fuis utile!
En effet, j'ignorois pourquoi, fans interêt,
Vous vouliez me fervir; mais je vois ce que c'eft.
Le préfent que j'offrois, trop peu confiderable,
N'a pu vous engager; il n'étoit pas capable
De vous entretenir long-temps fort ajufté,

C

Ni de fournir toujours à votre vanité,
De vous changer souvent de plumes & de linge,
Vous me faisiez tantôt des caresses de singe,
Petit fripon.

JULIE.

De vous, rien ne me peut fâcher.

BERNADILLE.

Allez, après ce tour vous devez vous cacher.

JULIE.

Je vous l'ai déja dit, j'ai fait tout mon possible,
Je vous nuis à regret, & cela m'est sensible :
Mais si je perds l'espoir que je m'étois promis,
Perdrai-je encor celui d'être de vos amis ?

BERNADILLE.

Etes-vous assez sot pour croire le contraire ?
Dites-nous cependant, parlant de notre affaire,
Si de quelque présent nos soins seront suivis,
Et ce que nous aurons pour notre droit d'avis.

JULIE.

Un ami dont le cœur vous préfere à tout autre....

BERNADILLE.

Je le crois ; mais pour moi, je ne suis pas le vôtre ;
Pour des gens comme vous gardez votre présent.

SCENE IV.

JULIE, OCTAVE.

JULIE.

IL n'a point de pareil.

OCTAVE.

Il est divertissant.

JULIE.

Cependant je suis Juge; & je veux....

OCTAVE.

Mais, Madame,
Vous avez toujours dit....

JULIE.

Quoi?

OCTAVE.

Que vous étiez femme?

JULIE.

Je la suis bien encore.

OCTAVE.

Avez-vous jamais vu
De femme Juge?

JULIE.

Non.

OCTAVE.

Mais avez-vous prévu....

JULIE.

La Charge me plaisoit, & je l'ai demandée;
Pour tout autre le Duc me l'auroit accordée;
Et pour lui ma faveur en fût venue à bout.

OCTAVE.

Vous ne l'avez donc point proposé?

C 2

JULIE.

Point du tout,
Je la voulois avoir.

OCTAVE.

Plus j'en cherche la cause,
Et moins je vois....

JULIE.

Je vais t'éclaircir mieux la chose,
Mon mari me croit morte, & son crime caché,
Pour ne s'être point vu jusqu'ici recherché.
Pour savoir quel motif l'obligeoit à ma perte,
En exposant mes jours dans cette île déserte,
Je veux l'interroger avec l'autorité
De Prévôt, dont j'ai su briguer la qualité.
De ma demande au Duc voilà la seule cause ;
Et je prétends enfin pousser si loin la chose,
Qu'il en prenne l'allarme, & devant qu'il soit nuit,
Lui faire autant de peur que le traître m'en fit ;
Et sur son attentat, quoi qu'il puisse répondre,
Lorsque je le voudrai, je saurai le confondre.
Avant de commencer, avant qu'il soit plus tard,
Va, sans perdre de temps, l'arrêter de ma part,
Et l'amene chez moi : ne dis rien davantage ;
Tu verras si je sais jouer mon personnage.
Tu prendras chez le Duc quelqu'un pour t'escorter,
Que ce soit toutefois sans beaucoup éclater :
Je lui veux faire peur, & point de violence.

OCTAVE.

Nous en userons bien, s'il ne fait résistance :
Je m'y rends de ce pas, & l'amene dans peu.
Si je ne suis trompé, nous allons voir beau jeu.

SCENE V.

JULIE *seule.*

CEssez, fcrupules vains d'honneur, de bienféance,
Et me laiffez jouir d'un moment de vengeance.
Ce traître, en m'expofant, me donna trop de peur ;
L'affront en eft fenfible, & me tient trop au cœur :
Oui, je prétends le mettre, avant que la nuit vienne,
Auffi près de fa mort qu'il me mit de la mienne.
Ce traître eft mon époux, je le fais, & ce nom
Demanderoit de moi quelque réflexion ;
D'accord. Mais ce qu'il fit lorfque j'eus tant de crainte
Fut une verité, ceci n'eft qu'une feinte.
Puifque m'abandonnant au tranfport qu'il fuivoit,
Il n'a point eu d'égard à ce qu'il me devoit,
Il eft jufte, du moins, qu'une feinte m'acquitte:
Je lui dois de la peur, & j'en veux mourir quitte,
Faire voir quels étoient mes troubles par les fiens,
Et rire à fes dépens, comme il rioit aux miens.
Rentrôns, Dom Lope vient, il faut que je difpofe...

SCENE VI.

DOM LOPE, JULIE.

D. LOPE.

Féderic, je voudrois m'éclaircir d'une chofe.

JULIE.

J'y confens volontiers, & veux de bonne foi....

D. LOPE.

Certain bruit, depuis hier, eft venu jufqu'à moi.

JULIE.

Quel eft-il?

D. LOPE.

On m'a dit que vous aimiez Conftance,
Et que vous vous flattiez, de plus, de l'efperance
De rompre fon hymen, & d'être fon époux.

JULIE.

Il eft dès à préfent rompu.

D. LOPE.

Par qui? par vous?

JULIE.

Oui.

D. LOPE

D'être fon époux vous avez eu l'envie?

JULIE.

Si Bernadille l'eft, je veux perdre la vie.

D. LOPE.

Mais d'un femblable efpoir vous êtes-vous flat té

JULIE.

C'eft pouffer un peu loin la curiofité.

D. LOPE.

Ce difcours me fait voir où votre cœur afpire.

Je connois votre amour, & c’eſt aſſez m’en dire ;
Le mien vous eſt connu, voyons qui de nous deux,
En attendant ſon choix, la merite le mieux.

JULIE.

Quoi ! la bravoure en eſt ?

D. LOPE.

Treve de raillerie,
Songez à vous défendre.

JULIE.

Ah ! tout doux, je vous prie,
Vous vous repentirez de me pouſſer à bout.

D. LOPE.

C’eſt trop perdre de temps, je me réſous à tout.

JULIE.

Vous cherchez un malheur dont vous ferez la cauſe ;
Triompher & combattre eſt pour moi même choſe.
J’eus toujours l’avantage en combat ſingulier ;
Et ſi vous en aviez, vous feriez le premier.
Profitez d’un avis que ma bonté vous donne.
(bas.)
Pour m’en débarraſſer ne viendra-t-il perſonne ?

D. LOPE.

Voyons, tirez l’épée : Ah ! que vous êtes lent !
Vous êtes bien poltron, pour être ſi galant !
Ah ! vous ne verriez pas tant de douleur m’abbattre,
Si vous ne ſaviez pas mieux plaire que vous battre.

JULIE.

Déja de l’un des deux vous êtes éclairci.

D. LOPE.

Il eſt vrai ; mais il faut m’apprendre l’autre auſſi.

JULIE.

Votre témerité laſſe ma patience.

D. LOPE.

Ah ! tant de vanité me fatigue & m’offenſe :
Défendez-vous, vous dis-je, ou mon juſte courroux...

JULIE.

Je ſuis trop votre ami pour me battre avec vous.

C 4

D. LOPE.

Quoi ! vous croyez ainſi déſarmer ma colere ?
Non, non, amis ou non, il ne m'importe guere.

JULIE.

Pour vous le témoigner, je vais dans ce moment
Terminer votre erreur & votre emportement.
Ne vous allarmez point, un obſtacle invincible
Rend pour elle & pour moi cet hymen impoſſible ;
Et de notre union l'hymen venant à bout,
De deux bonnes moitiés feroit un méchant tout.
Auprès d'elle, pour vous, je ne ſuis pas à craindre.

D. LOPE.

Lâche, pour m'appaiſer, la peur vous porte à feindre.
Vous croyez m'éblouir par ce rayon d'eſpoir.

JULIE.

Non, vous épouſerez Conſtance dès ce ſoir,
Je vous ſers l'un & l'autre, & c'eſt à ſa priere ;
Je prétends vous unir, & j'en ſais la maniere.
L'occaſion eſt belle, & pourroit me flatter ;
Mais, par bonheur pour vous, je n'en puis profiter.
Je n'agis que pour vous.

D. LOPE.

       Un pareil ſoin m'oblige :
Mais ſi j'en perds l'eſpoir....

JULIE.

       Non, puiſſai-je, vous dis-je,
Mourir de votre main, ſi, contre vos ſouhaits,
Bernadille ni moi, nous l'épouſons jamais.
Je vous laiſſe, & je vais, après cette aſſurance,
Diſpoſer les moyens de vous donner Conſtance.

SCENE VII.

DOM LOPE *seul.*

J'Epouferois Conftance avant la fin du jour?
Dois-je fur cet aveu raffurer mon amour?
Il ne peut l'époufer, & fa flamme indifcrette...
Mais il faut qu'il en ait quelque raifon fecrette,
Ou de fa lâcheté l'effort induftrieux.
Cache, fous cet efpoir, fa tendreffe à mes yeux.
Celui de me venger au befoin me confole :
Il mourra de ma main, s'il manque de parole ;
Et fi pour cet hymen je fais un vain effort...
Mais rentrons, j'apperçois Bernadille qui fort.

SCENE VIII.

BERNADILLE, OCTAVE, DEUX VALETS.

BERNADILLE.

De grace, finiffez & ma peine & la vôtre;
Meffieurs, vous me prenez fans doute pour un autre.
Je veux être pendu, fi j'y vais d'aujourd'hui;
J'incague le Prévôt, & n'ai que faire à lui.

OCTAVE.

Cependant il vous veut parler, & tout à l'heure.

BERNADILLE.

Hé, s'il me veut parler, il fait bien ma demeure.
Mais vous vous méprenez, vous dis-je, affurément:
Il faut connoître ceux qu'on arrête; autrement...
Vous riez? Cependant cette bévue eft grande.

OCTAVE.

Vous êtes Bernadille?

BERNADILLE.

Oui.

OCTAVE.

C'eft vous qu'on demande.

BERNADILLE.

Hé bien, que nous veut-on?

UN VALET

C'eft pour nous un fecret.

BERNADILLE.

Ah! Monfieur l'alguafil, vous faites le difcret.

OCTAVE.

Vous n'avez qu'à nous fuivre, & vous pourrez l'entendre.

BERNADILLE.

Puisque c'est un secret, je n'en veux rien apprendre :
Je suis de tout secret ennemi capital.

OCTAVE.

Il ne l'est que pour nous.

BERNADILLE *à part.*

Tout cela m'est égal.
Je vois bien ce que c'est ; le drôle aime Constance ;
Sans doute il aura su que notre hymen s'avance,
Et veut, pour l'empêcher, me jouer quelque tour :
Mais je veux l'épouser avant la fin du jour.

OCTAVE.

Monsieur, il faut marcher, ou votre résistance
Pourroit nous obliger à quelque violence.

BERNADILLE.

Canaille, vous saurez ce que pese ma main,
Si vous ne détalez.

OCTAVE.

Vous marchandez en vain.

UN VALET.

Allons, il faut marcher.

BERNADILLE *le frappant.*

Tiens, je m'en vais te suivre.

UN VALET.

Allons, Monsieur.

BERNADILLE *le frappant aussi.*

Voilà pour vous apprendre à vivre ;
Je vous battrai si bien, qu'il vous en souviendra.

OCTAVE.

La raillerie est forte, il les assommera.

BERNADILLE *se jettant sur Octave.*

Et vous, Monsieur l'Exempt, je m'en vais vous
apprendre....
(*Ils l'enlevent.*)
Ah ! morbleu, je suis pris, je ne puis m'en défendre.

Fin du troisieme Acte.

ACTE IV.

SCENE PREMIERE.

JULIE, OCTAVE.

JULIE.

Hé bien, à le chercher, as-tu perdu ton temps?
Et Bernadille enfin...

OCTAVE.

Madame, il eft céans,
Et nous l'avons conduit avec affez de peine.
Je viens de le laiffer dans la chambre prochaine;
Il eft dans un tranfport qu'on ne peut exprimer,
Il tempête, il menace, il veut tout affommer.
Pour vous en divertir, voulez-vous qu'il avance?

JULIE.

Oui, qu'il vienne, il eft temps que fa peine com-
mence;
Le piege eft bien adroit, il ne peut l'éviter:
Le temps m'eft précieux, & pour en profiter,
Un peu de gravité me fera néceffaire.
Il vient, & ne fait pas la peur qu'on lui va faire.

SCENE II.

BERNADILLE, OCTAVE, VALETS, JULIE.

BERNADILLE.

Hé bien, Monfieur l'Exempt, fuis-je affez pro-
mené ?
Eft-il quelque réduit où l'on ne m'ait mené ?
Le lieu du rendez-vous ne fauroit-il s'apprendre ?
OCTAVE.
Vous voyez Féderic ; vous le pouvez entendre.
BERNADILLE.
Honneur, le beau garçon.
JULIE.
           L'abord eft familier.
BERNADILLE.
En effet, ce petit Juge de balle eft fier.
JULIE.
Changez un peu de ftyle, & foyez plus modefte :
Apprenez....
BERNADILLE.
         Quel endroit du Code ou du Digefte,
Si vous les avez lus, vous a donc fait favoir
Que de force ou de gré l'on doit vous venir voir ?
Eft-ce une loi pour nous ancienne ou moderne ?
OCTAVE.
Mais fongez....
BERNADILLE.
      Taifez-vous, fuffragant fubalterne.
Si vous y revenez....

JULIE.

Vous pourriez mieux parler.

BERNADILLE.

D'accord, mais mon deffein n'eft point de rien céler,
Vous riez, & traitez ceci de bagatelle,
Sénateur goguenard, d'impreffion nouvelle !

JULIE.

Vous êtes bien bouillant !

BERNADILLE.

Je fuis ce que je fuis.

JULIE.

Il faut, pour le favoir, parler de fens raffis.

BERNADILLE.

C'eft pour une autre fois ; j'ai certaine vifite…

JULIE.

Non, il faut demeurer, vous n'en êtes pas quitte,
Et vous juftifier…

BERNADILLE.

Qui ? moi ?

JULIE.

Vous, fcélerat.

BERNADILLE.

Ah ! je vois ce que c'eft, apprentif Magiftrat :
Connoiffant que Conftance a pour nous de l'eftime,
Pour rompre notre hymen, vous m'imputez un crime,
Afin qu'en chicanant, mon bien foit alteré,
Et que de mes ducats votre habit foit doré.

JULIE.

Ce n'eft pas mon deffein ; avec moi cette belle
Pafferoit mal le temps, & moi mal avec elle :
Avant la fin du jour, vous pourrez le favoir.
Cependant répondez, & fans vous émouvoir,
Vous aviez une femme ?

BERNADILLE bas.

Ah ! demande fâcheufe !

(haut.)
Oui, puifque je fuis veuf.

JULIE.

Bien faite, vertueuse?

BERNADILLE.

(bas.)

On le dit. Ce discours me devient bien suspect.

OCTAVE *lui ôtant le chapeau de dessus la tête.*

Il faut devant son Juge être dans le respect.

JULIE.

Et qu'en avez-vous fait?

BERNADILLE *bas.*

Ah! je tremble dans l'ame.

(haut.)

J'en ai fait...

JULIE.

Achevez.

BERNADILLE.

Que fait-on d'une femme?

(bas.)

Quelqu'un m'aura trahi, sans doute qu'il sait tout;

Mais il faut cependant tenir bon jusqu'au bout.

JULIE.

Il se faut avec nous expliquer d'autre sorte.

Qu'est-elle devenue?

BERNADILLE.

Elle est morte.

JULIE.

Elle est morte?

De quoi? Car si je crois ce qu'on m'a rapporté...

BERNADILLE

D'avoir eu trop de mal & trop peu de santé.

JULIE.

La réponse est fort juste.

BERNADILLE.

Elle est assez commune.

JULIE.

En quel lieu?

BERNADILLE.

Dans un lit.

JULIE.

En quel temps?

BERNADILLE.

Sur la brune.

JULIE.

Mais comment mourut-elle enfin?

BERNADILLE.

Elle mourut
En rendant, comme on dit, si peu d'esprit qu'elle eut.

JULIE.

Je me lasse à la fin de fadaises si grandes ;
Et si vous me fâchez…

BERNADILLE.

Et moi, de vos demandes ;
Franchement j'en suis las, si jamais je le fus :
Ne me demandez rien, je ne répondrai plus.
Ne renouvellez point la douleur dans mon ame,
Par le fâcheux récit de la mort d'une femme,
Que j'aimois.

JULIE.

Je le veux, épargnons ce récit.
Cependant si j'en crois ce qu'un témoin m'a dit,
Vous la fîtes conduire en un île déserte,
Où vous l'avez laissée, afin qu'après sa perte
Vous pussiez à loisir vous choisir un parti
Qui fût à votre gré.

BERNADILLE.

Ce témoin a menti :
On sait bien que je n'eus jamais l'ame assez noire…

JULIE.

C'est aussi ce que j'ai bien de la peine à croire.

BERNADILLE.

Ma pauvre femme ! Hélas ! lorsque je m'en souviens,
Je me sens suffoquer des pleurs que je retiens.
Les femmes, connoissant ma tendresse pour elle,
Sans cesse à leurs maris me donnoient pour modele,
Et disoient, me voyant si souvent à son cou,

Que j'aimois trop ma femme, & que j'en étois fou.
JULIE.
On m'a dit cependant, pour plus preſſante marque,
Que vous aviez gagné le patron d'une barque,
Moyennant quelque ſomme, & qu'il avoit le mot;
Que lui, ſes gens & vous étiez tous du complot;
Et qu'ayant abordé cette île inhabitée,
Par quatre matelots Julie y fut portée;
Que l'on la mit à terre, & ſi-tôt qu'elle y fut,
Que l'on s'en éloigna le plus vîte qu'on put.
BERNADILLE.
Pour me perdre, ſans doute, on me fait cette injure;
Monſieur le Juge, ayez égard à l'impoſture;
Et lorſque vous verrez ce témoin, quel qu'il ſoit,
Prenez bien mon affaire, & conſervez mon droit.
JULIE.
Oui, je veux vous ſervir & vous tirer d'affaire;
Et je ſais à quel point Conſtance vous eſt chere;
Que votre hymen ſe doit conclure en peu de temps;
Que ce temps vous eſt cher : c'eſt pourquoi je
    prétends
Mettre par un moyen à couvert votre vie,
Contre ceux qui voudroient...
BERNADILLE.
    Monſieur, je vous en prie.
JULIE.
Voir ſi près d'un hymen differer ces momens,
C'eſt languir.
BERNADILLE.
    Il eſt vrai.
JULIE.
    Je connois les amans,
Par mon experience.
OCTAVE *à part.*
    Elle ſait bien ſon rôle.
JULIE.
Et je ſais...

BERNADILLE.
Je vois bien que vous êtes un drôle ;
Mais enfin j'attends tout de l'effet de vos soins.
JULIE.
Oui, je vous servirai, vous dis-je : néanmoins,
Comme l'indice est fort , & l'attentat énorme,
Et que d'ailleurs il faut s'attacher à la forme ;
Je vais , pour satisfaire à votre passion ,
Vous faire promptement donner la question ,
Afin que sur le soir vous soyez hors d'affaire.
Holà.

BERNADILLE.
La question !
JULIE.
C'est un mal nécessaire.
BERNADILLE.
A moi la question ! Ah ! je suis enragé.
JULIE.
J'en ai bien du regret , mais j'y suis obligé.
OCTAVE.
Marchez.

BERNADILLE.
Encore un mot. Voulez-vous que je meure ?
Mille ducats pour vous payables dans une heure,
Soit dit , sans faire tort à votre intégrité ;
Et laissez-là pour nous votre formalité.
JULIE.
Je voudrois vous pouvoir accorder cette grace.
BERNADILLE,
Si , comme je l'ai cru , j'étois en votre place ,
Et que sur un tel point vous fussiez recherché ,
Je vous en sortirois à bien meilleur marché.
JULIE.
Mais cela ne se peut.
BERNADILLE.
Point de misericorde ?

(*bas.*)

Il faut, pour me fauver, toucher une autre corde ;
Car enfin je vois bien ce qui lui tient au cœur.

(*haut.*)

Conftance vous plaît fort? notre hymen vous fait peur?
Hé bien, époufez-la, je céde fa perfonne.
Vous fecouez la tête ! Et de plus, je vous donne
Quatre mille ducats en l'époufant. Je crois,
Quoi que vous en difiez, que c'eft parler François.

JULIE.

Répondez, répondez, fans parler de Conftance :
Le fait dont il s'agit eft d'une autre importance.
Vous êtes accufé, faites votre devoir.
Vous favez que je puis.....

BERNADILLE.

Rien ne peut l'émouvoir.
Quoi ! me mettre à la gêne, & que je fois la proie.

JULIE.

Pour vous en garantir je ne fais qu'une voie.
Que l'on nous laiffe feuls.

SCENE III.

JULIE, BERNADILLE.

JULIE.

Ta vie eſt en ma main,
Ton crime m'eſt connu, tu t'en défends en vain :
La gêne ayant tiré ton aveu de ta bouche,
Rien ne peut te ſauver, mais ta perte me touche,
Ton ſort me fait pitié, je te veux ſecourir ;
Ne me force donc pas à te faire mourir.
Oui, malgré ton forfait & la mort de Julie,
Si tu confeſſes tout, je te ſauve la vie.
Tu peux dès à préſent prononcer ton arrêt ;
Les témoins, le ſupplice, en un mot tout eſt prêt.
Mais s'il te faut enfin faire donner la gêne,
Et que ton cœur s'obſtine à meriter ma haine,
Ne ſongeant plus alors qu'à ce que je me doi...

BERNADILLE *à genoux.*

Hélas ! Monſieur le Juge, ayez pitié de moi ;
Je l'avoue, il eſt vrai, j'ai fait mourir ma femme.

JULIE.

Cependant on en dit tant de bien.

BERNADILLE.

                              La bonne ame !
Je la menai par force en l'île où je la mis ;
Et ſi je vous diſois pourquoi je m'en défis...

JULIE.

C'eſt ce qu'il faut ſavoir. Pour commettre un tel crime,
Votre courroux eut donc un ſujet légitime ?

BERNADILLE.

Que trop.

JULIE.

S'il est ainsi, je vous renvoie abfous :
Mais je veux tout favoir.

BERNADILLE *à part.*

Ah ! que lui dirons-nous ?
Lui faut-il avouer qu'elle mit fur ma tête....
Non, tâchons de trouver quelque prétexte honnête,
Qui puiffe m'excufer.

JULIE.

Mais fi tu céles rien,
Sois fûr que fon trépas fera fuivi du tien.

BERNADILLE.

Hé bien, vous faurez donc que ladite donzelle
Faifoit la précieufe & la fpirituelle,
Aimoit les violons, le régal, le cadeau,
L'hyver en terre ferme, & l'été deffus l'eau,
Avoit fur le tapis toujours quelque partie,
Couroit la nuit le Bal, le jour la Comédie.

JULIE.

Et qu'importe ? Ces lieux ont été de tout temps
Le centre du beau monde & des honnêtes gens.
La Scène a des appas que tout le monde approuve,
Et c'eft un rendez-vous où la vertu fe trouve :
On y traite l'amour, mais c'eft d'une façon
Moins propre à divertir qu'à fervir de leçon ;
Et ce Dieu qui n'y plaît que par fon innocence,
N'y régle fes tranfports que fur la bienféance.

BERNADILLE.

Mais en fortant du lit il lui falloit des eaux,
Des pommades, du blanc, du vermillon, des peaux :
Elle avoit malgré moi, dedans une caffette,
Poudres, pâtes, tours blonds, gommes, mouches,
      pincettes,
Racines, opiat, effences & parfum.
De l'eau d'ange, du lait virginal, de l'alum,
Et mille ingrédiens à peu près de la forte,
Que le Diable a fans doute inventés.

JULIE.

Et qu'importe ?
C'eſt preſque pour le ſexe une néceſſité ;
Un peu d'aide ſouvent ſied bien à la beauté ;
Ce ſoin n'eſt pas blâmable, & même la nature
Ne prend pas le ſecours de l'art pour une injure ;
Elle n'a rien ſans lui de beau ni de parfait ;
C'eſt l'art qui ſait cacher les fautes qu'elle fait,
Il adoucit les yeux, change la brune en blonde,
Fait d'un teint bazané le plus beau teint du monde,
Noircit les cheveux gris, couvre les dents d'émail,
Convertit la blancheur d'une levre en corail.
Il embellit la fille, & rajeunit la mere ;
Quand un œil eſt unique, il lui fournit un frere,
Des beautés en décours conſerve les amans,
Convertit leurs défauts en autant d'agrémens,
Embellit, rajeunit ſans peine & ſans obſtacles ;
Et la nature enfin ne fait point ces miracles.

BERNADILLE.

Mais elle m'epuiſoit, & changeoit tous les jours
De jupes, de mouchoirs, de bijoux & d'atours,
Vouloit voir à ſon col un ratelier de perle,
Aimoit la compagnie, & jaſoit comme un merle.

JULIE.

Qu'importe? Eſt-ce un défaut qu'on doive condamner?
Elle parloit beaucoup, faut-il s'en étonner ?
C'eſt dedans une femme une choſe ordinaire,
Et je n'en ai jamais connu qui ſût ſe taire.

BERNADILLE.

Mais elle introduiſoit, nous abſent, un amant,
Et coquetoit enfin trop méthodiquement :
A tous venans, hors nous, elle étoit fort accorte,
Aimoit le tête-à-tête. Allons donc. Hé, qu'importe?

JULIE.

Sont-ce-là des ſujets qui meritent la mort?

BERNADILLE.

C'eſt une bagatelle, en effet j'ai grand tort,

JULIE.

Si c'eſt-là le motif qui fit mourir Julie,
Je ne te réponds pas de te ſauver la vie;
Et ſi tu n'as pas eu de ſujet plus puiſſant,
Tes jours ſont en danger.

BERNADILLE.

Que vous êtes preſſant!
Quoi donc! vous en faut-il découvrir davantage?
Déclarer à vos yeux ma honte & mon outrage?
Et pour vous contenter, faut-il ſpécifier,...

JULIE.

Oui, du moins, ſi cela vous peut juſtifier.

BERNADILLE.

La friponne, ayant mis ſon honneur en deroute,
A l'amour conjugal avoit fait banqueroute,
Rangeoit impunément ſon cœur ſous d'autres loix,
Et faiſoit, en un mot, trop grand feu de mon bois.
J'étois, en nourriſſant ce ſerpent domeſtique,
L'objet de ſon mépris, la fable du critique;
Et diſſipant mon bien pour flatter ſes deſirs,
J'étois le tréſorier de ſes menus plaiſirs:
Je ſavois ſon amour, & forcé d'y ſouſcrire,
J'étois... j'étois cocu, puiſqu'il vous faut tout dire.

JULIE.

Eſt-ce-là le ſujet de tout ce grand courroux?
Hé, tant d'autres le ſont, qui valent mieux que vous.
C'eſt un malheur commun dont ſouvent on eſt cauſe,
Et tous les jours enfin on ne voit autre choſe.
Mais ſi tous les maris ſe piquoient tant d'honneur,
Et traitoient leurs moitiés avec même rigueur,
Cette île inhabitée où vous mîtes la vôtre,
Deviendroit un pays plus peuplé que le nôtre.
C'eſt à quoi vous deviez avoir un peu d'égard.

BERNADILLE.

Mais dans ſes interêts vous prenez grande part,
Et vous l'excuſez fort! N'êtes-vous point le drôle,
Qui, lorſque je ſortois, alloit jouer mon rôle?

A qui notre moitié, se laissant aborder,
Donnoit *à remotis* notre honneur à garder;
Et qu'une nuit enfin derobant à ma vue....

J U L I E.

Je ne vous entends point.

B E R N A D I L L E.

Si vous l'aviez connue,
Je serois sur ce point aisément convaincu;
Car vous avez tout l'air de bien faire un cocu.

J U L I E.

Je n'en ai jamais eu le dessein, & je porte....

B E R N A D I L L E.

Si j'en voulois jurer, que le Diable m'emporte.

J U L I E.

Revenons à Julie.

B E R N A D I L L E.

Encore?

J U L I E.

Dites-moi:
Quelle preuve eûtes-vous de son manque de foi?
Aviez-vous de son crime une entiere assurance?

B E R N A D I L L E.

Je n'en avois que trop, hélas! & ma vengeance
Après un tel éclat cherchant à s'assouvir....

J U L I E.

Hé bien, pour te montrer que je te veux servir,
Si tu me peux prouver qu'elle fut infidelle,
Je prends tes interêts, & ne suis plus pour elle.
Je sais qu'un tel affront touche un homme de cœur;
Mais si, voulant ternir sa gloire & son honneur,
D'un injuste attentat tu ne peux te defendre,
Rien ne peut te sauver, demain je te fais pendre:
C'est à toi maintenant à ménager tes soins,
Profite bien du temps, & cherche des témoins.

SCENE IV.

SCENE IV.

BERNADILLE, OCTAVE, VALETS.

BERNADILLE.

QUoi ! me couvrir moi-même & d'opprobre &
	de blâme !
Moi-même publier la honte de ma femme !
Et chercher, quoiqu'enfin j'en fois trop convaincu,
Des témoins, & prouver qu'elle m'a fait cocu !
Que je fuis malheureux ! O vous, maris paifibles,
Qui fur le point d'honneur n'êtes point fi fenfibles,
Qui fouffrez fans fcrupule & fans dire pourquoi,
Que l'on faffe chez vous ce qu'on faifoit chez moi,
Et qui vous confolez, quand vous êtes enfemble,
D'avoir devant vos yeux quelqu'un qui vous ref-
	femble,
Que vous vous épargnez de peines & de foins !
On ne vous force point à chercher des témoins :
Et vos reffentimens fe prefcrivant des bornes,
Vous mettez votre vie à l'abri de vos cornes.
Que n'ai-je tout fouffert fans en témoigner rien !
Ah ! morbleu, c'eft bien fait, je le merite bien.
Pourquoi fuir fous l'hymen les maux qui s'y rencon-
	trent ?
Pourquoi vouloir cacher ce que tant d'autres
	montrent ?
Faire pour me venger des efforts fuperflus ?
Et me piquer d'honneur, quand je n'en avois plus ?
Pourquoi, fot que j'étois... Mais faut me réfoudre,
Et puifque fans témoins on ne fauroit m'abfoudre,

D

Que je ne puis enfin me sauver qu'à ce prix,
Que l'on prenne le soin de chercher Beatrix,
Et qu'on l'amene ici.
OCTAVE.
Dans peu je vous l'amene.
Cependant remenez-le en la chambre prochaine.

Fin du quatrieme Acte.

ACTE V.

SCENE PREMIERE.

DOM LOPE, CONSTANCE,

D. LOPE.

RIEN ne s'oppofe plus à mes juftes fouhaits,
Tout flatte mon amour, Madame, & déformais
En vain près de mes feux une autre flamme brille:
Vous favez quel malheur menace Bernadille;
On lui fait fon procès, & fon lâche attentat
Vous fait voir que de lui vous faifiez trop d'état.
Vous me le préferiez, Madame, & cette flamme
Vous donnoit pour époux l'affaffin de fa femme;
Mais le ciel irrité du mépris de mes feux,
Refufe, en ma faveur, de vous unir tous deux.
Pourrai-je me flatter, par le malheur d'un autre,
Qu'aux volontés du fort vous foumettrez la vôtre?
Féderic m'a tout dit: Si j'en crois fon aveu...

CONSTANCE.

Hé bien?

D. LOPE.

Je vous verrai récompenfer mon feu.

CONSTANCE.

Et que vous a-t-il dit?

D. LOPE.

Qu'il favoit la maniere
De nous unir tous deux, & qu'à votre priere
Il rompoit un hymen à votre amour fatal.

Et vous voyez enfin qu'il ne s'y prend pas mal.
CONSTANCE.
Il faut fur cet aveu que je vous défabufe,
Auffi bien de l'amour, l'amour même eft l'excufe.
Je craignois cet hymen, je ne le puis nier ;
Et je me fuis enfin réduite à le prier
D'en empêcher l'effet, mais c'eft dans l'efperance
Que ma main de fes foins feroit la récompenfe.
Je l'aime, & ne veux plus vous en faire un fecret;
Je trahis votre amour, & peut-être à regret.
D. LOPE.
Ma flamme, qui veut bien fe régler fur la vôtre,
Après un tel aveu, vous en veut faire un autre;
Voyez ce qu'un tel choix doit avoir de fi doux,
Madame, Féderic ne fauroit être à vous.
CONSTANCE.
Il ne peut être à moi ?
D. LOPE.
Votre cœur en foupire?
CONSTANCE.
Quelle en eft la raifon ?
D. LOPE.
Je n'ofe vous la dire ;
Non qu'il m'en ait rien dit, mais par fon entretien
Je m'en fuis bien douté.
CONSTANCE.
Quoi ! je n'en faurai rien?
Ne diffimulez point, parlez.
D. LOPE
La bienféance
Sur un pareil fujet me condamne au filence.
CONSTANCE.
Mais de quoi, fur ce point, vous êtes-vous douté?
D. LOPE.
Que le pouvoir lui manque, & non la volonté;
Que fa main à vos feux mêleroit trop de glace;
Que du Ciel, en naiffant, il eut quelque difgrace;

Et que de votre hymen l'amour venant à bout,
De deux bonnes moitiés feroit un méchant tout.
CONSTANCE.
A de pareils difcours je ne puis rien comprendre.
D. LOPE.
Féderic vient ici qui pourra vous l'apprendre.

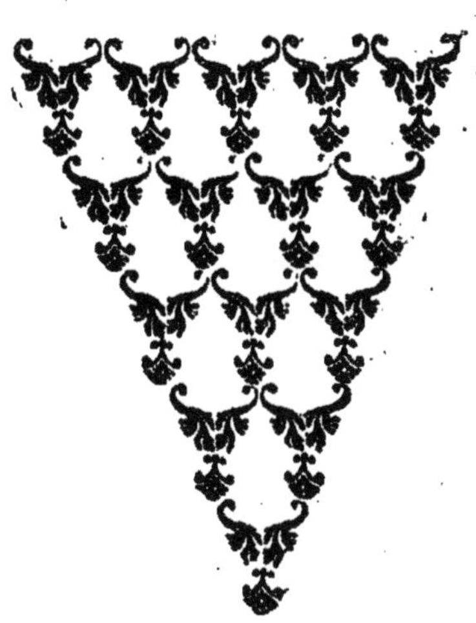

SCENE II.

CONSTANCE, JULIE, DOM LOPE.

CONSTANCE.

Dois-je à ce qu'on me dit ajouter quelque foi?
Féderic, votre cœur ne sauroit être à moi?
Après tant de fermens Dom Lope est-il croyable?

JULIE.

Son récit me fait tort, mais il est veritable;
Et mon cœur, qui tantôt vous juroit amitié,
Vous vouloit pour amie, & non pas pour moitié:
Le Ciel à cet hymen met un trop grand obstacle,
Et je ne puis me voir votre époux sans miracle.

CONSTANCE.

Il s'en fait quelquefois, quand de justes souhaits....

JULIE.

Madame, il est de ceux qui ne se font jamais.
Il faut que pour l'hymen vous fassiez choix d'un autre:
Vous n'êtes pas mon fait, je ne suis pas le vôtre;
Je ne puis rien pour vous, j'en ai bien du regret.

CONSTANCE.

Peut-on savoir pourquoi?

JULIE.

Ce n'est plus un secret;
L'hymen m'engage ailleurs, & je ne puis...

CONSTANCE.

Quoi! traître,
Vous êtes marié?

JULIE.

Vous la vouliez bien être!
Est-ce un crime si grand que d'être marié?

CONSTANCE.

Pourquoi me le nier ?

JULIE.

Je l'avois oublié :
Mais l'hymen près de vous me rendroit-il coupable ?
Pour être sous ses loix, en est-on moins aimable ?
L'amour a des douceurs que ce lien permet,
Il n'est pas si sévere ; & quand on s'y soumet,
S'il falloit renoncer à la galanterie,
On ne s'engageroit à l'hymen de sa vie.

CONSTANCE.

Mais pourquoi, vous sachant engagé sous sa loi,
Vous flatter hautement de l'espoir d'être à moi ?

JULIE.

Malgré l'hymen, aimant les amitiés nouvelles,
J'ai fait vœu solemnel d'aimer toujours les belles :
Vous êtes de ce nombre, & je vous ferois tort
Si je ne vous aimois.

CONSTANCE.

Moderez ce transport,
Puisque je ne puis plus écouter votre flamme,
Que l'hymen...

JULIE.

Voulez-vous épouser une femme ?

CONSTANCE.

Vous, femme ?

JULIE.

Jugez-en.

CONSTANCE.

Je n'en saurois douter.

JULIE à *D. Lope.*

Un semblable rival n'est pas à redouter.

D. LOPE.

Pardonnez au transport dont j'eus l'ame saisie ;
Vous donniez de l'amour & de la jalousie.
Mais qui peut vous porter à ce déguisement ?

JULIE.

Entrez, pour le savoir, dans mon appartement.
Ce que je vous veux dire a de quoi vous surprendre;
Bernadille s'y plaint, que vous pourrez entendre;
Et ses plaintes pourront vous divertir, je croi,
Alorsque vous saurez... Il paroît, suivez-moi.

SCENE III.

BERNADILLE *seul.*

EN vain tu me livres bataille,
Rigoureux & cher point d'honneur ;
Le gibet me fait trop de peur,
Il faut que nous rompions la paille :
Aussi bien vainement je voudrois m'en piquer ;
Celui qui me vient d'attaquer
Me presse de trop près, il est impitoyable :
J'ai perdu mon crédit, & j'en suis convaincu,
Puisque je ne suis pas croyable,
Quand je dis que je suis cocu.

Féderic veut que je le prouve,
Et je n'en ai qu'un seul témoin ;
Encor dans un si grand besoin,
C'est un bonheur que je le trouve.
Ceux qui souffrent en paix un affront si commun,
Trouveroient cent témoins pour un ;
C'est à n'en point trouver que leur recherche est
vaine :
Leur honte les fait vivre ; & plusieurs que je vois,
S'ils s'en vouloient donner la peine,
Le prouveroient bien mieux que moi.

En vain pour tâcher de m'abattre,
L'honneur me crie à haute voix,
Que l'on n'est pendu qu'une fois,
Et qu'on peut être cocu quatre ;
Que de ces deux affronts le moindre est de mourir :
La peur qui me vient secourir,

Avecque ce que j'ai de penchant à l'entendre,
Fait que je lui réponds d'un ton plus vigoureux,
Que l'affront de se laisser pendre
Me semble le plus grand des deux.

Suivons donc cette noble envie,
Ecoutons toujours cette peur ;
Tâchons d'abréger notre honneur,
Afin d'allonger notre vie.
Je passe pour un sot, en faisant un tel choix ;
Mais je ne le suis qu'une fois,
Et je le serois deux, si je me laissois pendre.
Ne balançons donc plus, & dans un tel besoin,
Puisque je ne puis m'en défendre,
Faisons jaser notre témoin.

SCENE IV.

BERNADILLE, OCTAVE, BEATRIX.

BERNADILLE.

J'Apperçois Béatrix, sa présence me flatte.
  (à Octave.)
Monsieur, cette matiere est un peu délicate :
Que l'on nous laisse seuls.

SCENE V.

BEATRIX, BERNADILLE.

BEATRIX.

Que voulez-vous de moi?

BERNADILLE.

Mon fort dépend de toi.

BEATRIX.

De moi, Monfieur?

BERNADILLE.

De toi.

Il y va de ma vie, & la chofe me touche:
Tu peux me la fauver, & deux mots de ta bouche
Mettront en fûreté ma vie & mon repos.

BEATRIX.

Dites-moi donc, Monfieur, promptement ces deux
mots.

BERNADILLE.

Tu les diras?

BEATRIX.

Sans doute.

BERNADILLE.

Et même en la préfence

Du Prévôt?

BEATRIX.

Pourquoi non?

BERNADILLE.

Après cette affurance,
Je fuis hors de danger, & j'en fuis convaincu.
Hé bien, tu diras donc....

BEATRIX.

Quoi?

BERNADILLE.

Que j'étois cocu;

Ce font là les deux mots que je voulois t’apprendre.

BEATRIX.

Vous vous moquez, Monfieur, & me voulez fur-
   prendre.

BERNADILLE.

Nullement.

BEATRIX.

Vous voulez, Monfieur, vous divertir.

BERNADILLE.

Morbleu, tu le diras, quand tu devrois mentir.

BEATRIX.

Je n’ai garde, Monfieur, l’infamie eft trop grande.

BERNADILLE.

Tu ne le diras pas ? Tu veux donc qu’on me pende ?

BEATRIX.

Quoi ! vous pendre ? Et la caufe ?

BERNADILLE.

Ah ! difcours fuperflus !
C’eft que l’on pend les gens qui ne font pas cocus.
Curieux animal, dont la fotte prudence
Voudroit de notre honneur cacher la décadence,
Dis ce que l’on te dit.

BEATRIX.

Mais de grace, Monfieur,
Songez qu’un tel aveu vous va perdre d’honneur.

BERNADILLE.

Va, j’ai pour m’en défendre, une raifon trop forte ;
L’homme n’eft plus cocu lorfque fa femme eft morte.

BEATRIX.

Mais, Monfieur, cet affront vous doit combler d’ennuis.

BERNADILLE.

Mais je ne veux paffer que pour ce que je fuis.

BEATRIX.

L’honneur doit s’acheter au peril de répandre....

BERNADILLE.

Quand l’honneur eft trop cher, il faut le laiffer vendre.

BEATRIX.

Mais peut-être qu'à tort vous vous êtes dousé...

BERNADILLE.

Si je ne l'étois pas, je veux l'avoir été.

BEATRIX.

Tous vos parens, Monsieur, & vos amis....

BERNADILLE.

Encore ?

BEATRIX.

Se moqueront de vous.

BERNADILLE.

Indocile pécore,
Esprit contrariant, dis-moi pourquoi tu veux
Qu'il se moquent de moi, quand je serai comme eux ?

BEATRIX.

Hé bien, ordonnez donc ce qu'il faut que je die.

BERNADILLE.

C'est parler de bon sens. Tu connoissois Julie ?

BEATRIX.

Oui, Monsieur.

BERNADILLE.

Il faut donc, tout scrupule vaincu,
Déclarer hautement qu'elle m'a fait cocu.

BEATRIX.

Qu'est-ce donc qu'un cocu, Monsieur, ne vous déplaise ?

BERNADILLE.

La question est neuve ! Ah ! tu fais la niaise.

BEATRIX.

Si vous ne m'expliquez ce que c'est, je prétends....

BERNADILLE.

Tu veux donc le savoir ? C'est quand en même temps
On fait sympatiser, pourvu qu'un tiers y trempe,
Un mariage en huile, avec un en détrempe ;
Quand une femme prend un galant en son choix,
Que d'un lit fait pour deux, elle en fait un pour trois ;
Et qu'enfin se faisant consoler de l'absence...
Maugrebleu de la masque, avec son innocence.

COMEDIE.

BEATRIX.

Si ce n'eſt que cela, Monſieur, je jurerai
Que vous ne l'étiez pas.

BERNADILLE.

Ah ! je t'étranglerai.
Mon honneur eſt défunt, la choſe eſt trop certaine.

BEATRIX.

Pour me faire mentir, votre colere eſt vaine.

BERNADILLE.

Et l'homme que tu ſais qui ſortoit de chez moi,
D'avec qui venoit-il ?

BEATRIX.

D'avec moi.

BERNADILLE.

D'avec toi ?
Tu me dis le contraire à l'inſtant, & j'admire....

BEATRIX.

Un poignard à la main, vous me le fîtes dire ;
Je n'oſai le nier.

BERNADILLE.

Il n'en étoit donc rien ?

BEATRIX.

Rien du tout.

BERNADILLE.

Et ma femme ?

BEATRIX.

Elle vivoit fort bien.

BERNADILLE.

Elle ne donnoit point au galant audience ?

BEATRIX.

Non.

BERNADILLE.

Elle ne voyoit perſonne en notre abſence ?

BEATRIX.

C'eſt en vain que quelqu'un s'y feroit attendu.

BERNADILLE.

Quoi ! jamais....

BEATRIX.
Non, jamais.

BERNADILLE.
Ah! me voilà pendû!
Ah! langue de ferpent! Mégere abominable!
Ecume de l'enfer! organe du grand Diable!
Je crus trop aifément ton funefte rapport,
Je voulus la punir, & je caufai fa mort.
Je pris l'occafion à ma vengeance offerte,
Mon amour en fureur précipita fa perte,
Croyant de fon forfait être affez convaincu;
Et pour comble de maux je ne fuis pas cocu.
Enfin, de fon trépas, tu fus la feule caufe;
Pour t'en mettre à couvert, fais du moins quelque
    chofe;
Je te pardonne tout; mais dans un tel befoin,
Par grace ou par pitié, fers-moi de faux-témoin;
Soutiens que je l'étois, puifqu'il faut qu'on t'en croie.
Prouve-le, fi tu peux, j'en aurai de la joie;
Affure mon repos, & j'aurai foin du tien.

BEATRIX.
Mais comment le prouver enfin, s'il n'en eft rien?
La vérité, Monfieur, m'oblige à m'en défendre.

BERNADILLE.
Faute d'un faux-témoin, faut-il me laiffer pendre?
Mais après avoir mis mon époufe au tombeau,
Avant qu'être pendu, je ferai ton bourreau.

BEATRIX.
Au fecours!

BERNADILLE.
Mon malheur te deviendra funefte.

SCENE VI.

OCTAVE, BERNADILLE, BEATRIX.

OCTAVE.

D'Où vient ce bruit ?

BERNADILLE.

De moi, qui jouois de mon reste;
Otez-la moi d'ici.

BEATRIX.

Voyez ce vieux portrait,
Qui veut être cocu malgré que l'on en ait.

SCENE VII.

OCTAVE, BERNADILLE.

OCTAVE.

Féderic vous veut voir, entrez dans cette salle.
(*à part.*)
Qu'il est surpris !

BERNADILLE.

Enfin ma peine est sans égale ;
Ma femme est morte, & rien ne me peut secourir ;
Elle étoit innocente, & je l'ai fait mourir ;
Cet injuste trépas demande une victime,
La vertu fait ma honte, & le malheur mon crime !
Le désordre où j'en suis ne peut s'imaginer.
Mais je vois Féderic qui va me condamner.
Je pense, en le voyant, voir devant moi ma femme ;
Le frisson de la mort m'a déja saisi l'ame.

SCENE VIII.

JULIE, OCTAVE, BERNADILLE.

JULIE.

HÉ bien, votre témoin flatte-t-il votre espoir?

BERNADILLE.

Hélas ! j'ai plus d'honneur que je n'en veux avoir.

JULIE.

Tu vois, par le trépas de cette malheureuse,
Le peril où t'a mis ton humeur ombrageuse.

BERNADILLE.

J'ai commis un grand crime, & je le vois trop bien ;
Mais si j'étois cocu, cela ne seroit rien.

JULIE.

Il semble que tu sois fâché de ne pas l'être.

BERNADILLE.

J'en suis au désespoir, vous le pouvez connoître ;
Les pleurs que je répands vous disent....

JULIE.

Voudrois-tu
Que le cœur de Julie eût eu moins de vertu ?
Que pour toi....

BERNADILLE.

Plût au Ciel, pour me sauver la vie,
Que de tous mes amis elle eût été l'amie !
Et que de mon repos leur amour prenant soin,
M'en eût fait découvrir quelque petit témoin !

JULIE.

Ainsi sur ce sujet tu n'as plus de ressource.

BERNADILLE.

Non, que votre bonté, mes larmes & ma bourse.

JULIE.

C'eft un foible fecours, & je dois obferver....

BERNADILLE.

Quoi! je ferai pendu?

JULIE.

       Rien ne peut t'en fauver,
Ne pouvant pas prouver qu'elle t'ait fait d'outrage.

BERNADILLE.

Morbleu, pourquoi prenois-je une femme fi fage?
Hélas! une coquette étoit bien mieux mon fait.

JULIE.

Tu vois que rien ne peut excufer ton forfait;
Je ne puis te fauver; choifis pour ton fupplice,
De quel genre de mort tu veux qu'on te puniffe:
Ma bonté veut pour toi faire encor cet effort.

BERNADILLE.

Quel choix, fi je ne puis me fauver de la mort?
Et que m'importe enfin, s'il faut qu'on me puniffe,
Qu'on allonge mon corps, ou bien qu'on l'accourciffe?

JULIE.

N'importe, puifqu'enfin tu te vois convaincu.

BERNADILLE.

Hé bien, s'il faut mourir faute d'être cocu,
Que deux heures après que l'on m'aura fait pendre,
On me faffe brûler pour avoir de ma cendre;
Cela doit être rare.

JULIE.

    Oui, tu feras content.
Octave, faites tout préparer à l'inftant,
Afin qu'ayant conclu tout ce qu'il faut qu'on faffe,
Il foit exécuté dedans la grande place.

OCTAVE.

J'avois prévu votre ordre, & tout eft déja prêt.

SCENE IX.

BERNADILLE, JULIE.

BERNADILLE.

Miſericorde! hélas! moderez cet arrêt.
Ah! Monſieur le Prevôt, que la pitié vous touche.]
JULIE.
Je ne puis rien pour toi.
BERNADILLE.
Deux mots de votre bouche
Peuvent, avec l'honneur, rétablir mon eſpoir.

SCENE X.

OCTAVE, JULIE, BERNADILLE.

OCTAVE.

Dom Lope avec Conſtance....
JULIE.
Hé bien?
OCTAVE.
Viennent vous voir
JULIE.
Tu devois....
OCTAVE.
Parlez bas; ils ſont à cette porte.
JULIE.
Ils prennent mal leur temps. Qu'ils avancent,
n'importe.

SCENE DERNIERE.

CONSTANCE, DOM LOPE, JULIE, OCTAVE, BERNADILLE.

CONSTANCE.

Pouvons-nous esperer une grace de vous?

JULIE.

L'honneur de vous servir, Madame, m'est trop doux,
Pour vous la refuser, j'honore trop Constance.

CONSTANCE.

Mais, puis-je faire fond dessus cette assurance?

JULIE.

Ce doute me fait tort.

CONSTANCE.

       Hé bien, s'il est ainsi,
Bernadille en peril me fait venir ici;
Je demande sa grace, il faut que je l'obtienne.

D. LOPE.

Je joins, pour vous fléchir, ma priere à la sienne.

BERNADILLE.

Quel excès de bonté!

JULIE.

       Mais cela ne se peut;
Il est trop criminel.

CONSTANCE.

       Mais Constance le veut.

JULIE.

Madame, savez-vous de quel crime on l'accuse?

CONSTANCE.

Le regret qu'il en a, lui doit servir d'excuse.

JULIE.

Mais....

CONSTANCE.
Vous me refusez ! Avant que de partir....

JULIE.
Puisque vous le voulez, il y faut consentir.

BERNADILLE.
Que mon bonheur est grand !

JULIE.
Il est libre, Madame,
Pourvu que de ma main il reçoive une femme.

BERNADILLE.
Sans doute, vous avez, à ce que je puis voir,
Quelque maîtresse en chambre, & voulez la pourvoir.

JULIE.
Votre honneur m'est trop cher, & je vous rends la vie,
Pourvu qu'avec plaisir vous repreniez Julie.

BERNADILLE.
Où diable la reprendre ? Hélas ! je meurs d'effroi.
Qui pourra me la rendre ?

JULIE.
Ingrat, ce sera moi ;
La voilà.

BERNADILLE.
Vous, Julie ? Ah ! comble d'alégresse !
Quel miracle aujourd'hui te rend à ma tendresse ?
Comment t'es-tu sauvée ? Ah ! que mon déplaisir....

JULIE.
C'est ce que je prétends vous apprendre à loisir.

BERNADILLE.
Ce frippon de Prévôt, dedans cette journée,
M'a donné de la peur.

JULIE.
Vous me l'aviez donnée.
Le soupçon qui pour moi vous rendit inhumain....

BERNADILLE.
(à Constance.)
Il suffit. Recevez Dom Lope de ma main ;

Allons, pour égaler notre joie à la vôtre,
Concluant votre hymen, renouveller le nôtre;
Et dire à nos amis, qui me croyoient pendu,
Que le Juge & Partie à fait ce qu'il a dû.

FIN.

9 782019 972608